A VIDA PASSADA A LIMPO

Carlos Drummond de Andrade

A VIDA PASSADA A LIMPO

4ª edição

EDITORA RECORD
RIO DE JANEIRO • SÃO PAULO
2010

CIP-Brasil. Catalogação-na-fonte
Sindicato Nacional dos Editores de Livros, RJ

A566v Andrade, Carlos Drummond de, 1902-1987
4ª ed.   A vida passada a limpo / Carlos Drummond
         de Andrade ; prefácio, Ruy Espinheira Filho. –
         4ª ed. – Rio de Janeiro: Record, 2010.

         Inclui bibliografia e cronologia.
         ISBN 978-85-01-06312-0

         1. Poesia brasileira. I. Título.

                              CDD 869.91
02-0563   CDU 869.0(81)-1

Carlos Drummond de Andrade © Graña Drummond
www.carlosdrummond.com.br

Ilustração da guarda: Autocaricatura

Concepção de capa: Pedro Augusto Graña Drummond
Projeto gráfico: Regina Ferraz

Texto revisado segundo o novo Acordo Ortográfico da Língua Portuguesa

Todos os direitos reservados. Proibida a reprodução,
armazenamento ou transmissão de partes deste livro, através de
quaisquer meios, sem prévia autorização por escrito.

Direitos exclusivos desta edição adquiridos pela
EDITORA RECORD LTDA.
Rua Argentina 171 – 20921-380 — Rio de Janeiro, RJ – Tel. 2585-2000

Impresso no Brasil

ISBN 978-85-01-06312-0

Seja um leitor preferencial Record
Cadastre-se e receba informações sobre nossos
lançamentos e nossas promoções.
Atendimento e venda direta ao leitor
mdireto@record.com.br ou (21) 2585-2002

EDITORA AFILIADA

SUMÁRIO

Prefácio – *Ruy Espinheira Filho* 7

Poema-orelha 15

Nudez 17
Ar 21
Instante 23
Os poderes infernais 25
Leão-marinho 27
A um morto na Índia 29
A vida passada a limpo 31
Sonetos do pássaro 33
Tríptico de Sônia Maria do Recife 35
Procura 37
Os materiais da vida 39
Ciência 41
Especulações em torno da palavra homem 43
A Goeldi 49
Prece de mineiro no Rio 51
Pranto geral dos índios 53
Ciclo 57
Pacto 61
Véspera 63
A um bruxo, com amor 67
Inquérito 71
A um hotel em demolição 73

Cronologia 87
Bibliografia 99

Índice de títulos e primeiros versos 121

GENEROSA E SÁBIA MADUREZA

No soneto "A ingaia ciência", de *Claro enigma*, Carlos Drummond de Andrade define a madureza como uma "terrível prenda". Mas por que falo em madureza? Porque foi a primeira palavra que me ocorreu quando pensei em "classificar" a poesia de Drummond em *A vida passada a limpo*. Aliás, já que tocamos no assunto, alguns críticos apontam *Claro enigma* como o livro de madureza estética de Drummond, o que creio acertado — mas sem que com isto considere imatura a sua obra anterior. Na verdade, Drummond já estreou maduramente — como homem de quase trinta anos que, em *Alguma poesia*, aplicando com talento as melhores lições do Modernismo, refletia a sério (inclusive nos momentos do mais aberto *humor*) sobre a condição humana. É claro que o poeta se foi, ao longo da vida, enriquecendo de experiências, aprendendo, experimentando, explorando os variados recursos poéticos, mas o fato é que seu primeiro livro já é obra bastante madura — o que se constata, por exemplo, em composições como "Poema de sete faces", "Infância", "Lanterna mágica", "Cantiga de viúvo", "Coração numeroso", "Epigrama para Emílio Moura", "Explicação" e "Romaria".

A madureza em que pensei, ao reler os poemas de *A vida passada a limpo*, escritos entre 1954 e 1958, não se referia à estética, era mesmo a que fora chamada de "terrível prenda": a madureza do homem. Que, desde *Claro enigma* (quando CDA tinha 49 anos), vai-se, digamos, aprofundando, tornando-se cada vez mais senhora e dona da vida do poeta, ou antes: passa a *ser* sua vida. Em *A vida passada a limpo*, embora não propriamente inaugurando novas temáticas — pois, de um modo geral, os temas do poeta sempre foram os grandes temas da poesia: a Memória, a Vida, o Amor, a Morte —, a madureza destila um tom mais constante de melancolia: é o homem se vendo trilhar as últimas etapas de sua viagem de sentido único e inexorável.

O poema "Nudez" é uma revisita profunda a si mesmo, numa lucidez dolorosa. Como a célebre fotografia na parede, de "Confidência do Itabirano" (*Sentimento do mundo*), a memória dói, dói sempre. O que o poeta vive é, principalmente, o que se foi. O poema "Ar" expressa admiravelmente tal condição:

> *Nesta boca da noite,*
> *cheira o tempo a alecrim.*
> *Muito mais trescalava*
> *o incorpóreo jardim.*
>
> *Nesta cova da noite,*
> *sabe o gesto a alfazema.*
> *O que antes inebriava*
> *era a rosa do poema.*
>
> *Neste abismo da noite,*
> *erra a sorte em lavanda.*
> *Um perfume se amava,*
> *colante, na varanda.*
>
> *A narina presente*
> *colhe o aroma passado.*
> *Continuamente vibra*
> *o tempo, embalsamado.*

O "aroma passado" perfuma o presente. O espírito de Minas (do passado, pois) é invocado em prece densamente lírica. Grande homenagem ao passado é "A um hotel em demolição". Hotel que é a representação da própria vida em sua fuga tumultuosa:

> *Todo hotel é fluir. Uma corrente*
> *atravessa paredes, carreando o homem,*
> *suas exalações de substância. Todo hotel*
> *é morte, nascer de novo; passagem* (...)

O Hotel Avenida, denso de vida, vai morrer, está morrendo, e o poeta o saúda e o pranteia. Ele agora só terá existência no país da memória.

A vida prossegue sendo a de sempre: com suas vilezas e grandezas, amores e desamores, desesperos e esperanças, perplexidade e — sobretudo — sua dolorosa insolubilidade. Como foi dito há pouco, destaca-se, nesta obra, a melancolia: "Nudez" é um poema melancólico, assim como "Leão-marinho" e "Inquérito". Melancolia que se intensifica com um agudo sentimento do efêmero e, por fim, com a visão cada vez mais *atual* da morte. É o que encontramos em "Ciência", por exemplo. E ainda há graves meditações sobre o *ser*, como em "Especulações em torno da palavra homem":

> *Mas que coisa é homem*
> *que há sob o nome:*
> *uma geografia?*

> *um ser metafísico?*
> *(...)*
> *Que milagre é o homem?*
> *Que sonho, que sombra?*
> *Mas existe o homem?*

Drummond também ainda é (e o será até o fim) poeta de amores. É constante a presença do amor, que encontramos particularmente em "Instante", "Os poderes infernais", "Sonetos do pássaro" e "Véspera". No segundo dos "Sonetos do pássaro" (depois de, no primeiro soneto, figurar o amor num passarinho, embora reconhecendo que a essência do amor não é ave — é canto), o poeta assim expressa a admirável ambiguidade do tema:

> *Batem as asas? Rosa aberta, a saia*
> *esculpe, no seu giro, o corpo leve.*
> *Entre músculos suaves, uma alfaia,*
> *selada, tremeluz à vista breve.*
>
> *O que, mal percebido, se descreve*
> *em termos de pelúcia ou de cambraia,*
> *o que é fogo sutil, soprado em neve,*
> *curva de coxa atlântica na praia,*
>
> *vira mulher ou pássaro? No rosto*
> *essa mesma expressão aérea ou grave,*
> *esse indeciso traço de sol-posto,*

> *de fuga, que há no bico de uma ave.*
> *O mais é jeito humano ou desumano,*
> *conforme a inclinação de meu engano.*

O poeta amoroso, portanto, continua em plena atividade. Aliás, o "tempo de madureza" inspirou-lhe alguns dos seus melhores poemas de amor, como que "anunciados" pela obra-prima "Campo de flores", de *Claro enigma*. Generosa e sábia madureza que, segundo o poeta (no já citado soneto "A ingaia ciência"), "sabe o preço exato/ dos amores, dos ócios, dos quebrantos".

Enfim, *A vida passada a limpo*, obra de maturidade — de maturidade da vida —, nos oferece alguns dos momentos da mais profunda reflexão e maior plenitude poética da obra de Carlos Drummond de Andrade.

Ruy Espinheira Filho

A VIDA PASSADA A LIMPO

POEMA-ORELHA

*Esta é a orelha do livro
por onde o poeta escuta
se dele falam mal
        ou se o amam.
Uma orelha ou uma boca
sequiosa de palavras?
São oito livros velhos
e mais um livro novo
de um poeta inda mais velho
que a vida que viveu
e contudo o provoca
a viver sempre e nunca.
Oito livros que o tempo
empurra para longe
        de mim
mais um livro sem tempo
em que o poeta se contempla
e se diz boa-tarde
(ensaio de boa-noite,
variante de bom-dia,
que tudo é o vasto dia
em seus compartimentos
nem sempre respiráveis
e todos habitados
        enfim).*

Não me leias se buscas
flamante novidade
ou sopro de Camões.
Aquilo que revelo
e o mais que segue oculto
em vítreos alçapões
são notícias humanas,
simples estar-no-mundo,
e brincos de palavra,
um não-estar-estando,
mas de tal jeito urdidos
o jogo e a confissão
que nem distingo eu mesmo
o vivido e o inventado.
Tudo vivido? Nada.
Nada vivido? Tudo.
A orelha pouco explica
de cuidados terrenos:
e a poesia mais rica
é um sinal de menos.

NUDEZ

Não cantarei amores que não tenho,
e, quando tive, nunca celebrei.
Não cantarei o riso que não rira
e que, se risse, ofertaria a pobres.
Minha matéria é o nada.
Jamais ousei cantar algo de vida:
se o canto sai da boca ensimesmada,
é porque a brisa o trouxe, e o leva a brisa,
nem sabe a planta o vento que a visita.

Ou sabe? Algo de nós acaso se transmite,
mas tão disperso, e vago, tão estranho,
que, se regressa a mim que o apascentava,
o ouro suposto é nele cobre e estanho,
estanho e cobre,
e o que não é maleável deixa de ser nobre,
nem era amor aquilo que se amava.

Nem era dor aquilo que doía;
ou dói, agora, quando já se foi?
Que dor se sabe dor, e não se extingue?
(Não cantarei o mar: que ele se vingue
de meu silêncio, nesta concha.)
Que sentimento vive, e já prospera
cavando em nós a terra necessária
para se sepultar à moda austera

de quem vive sua morte?
Não cantarei o morto: é o próprio canto.
E já não sei do espanto,
da úmida assombração que vem do norte
e vai do sul, e, quatro, aos quatro ventos,
ajusta em mim seu terno de lamentos.
Não canto, pois não sei, e toda sílaba
acaso reunida
a sua irmã, em serpes irritadas vejo as duas.

Amador de serpentes, minha vida
passarei, sobre a relva debruçado,
a ver a linha curva que se estende,
ou se contrai e atrai, além da pobre
área de luz de nossa geometria.
Estanho, estanho e cobre,
tais meus pecados, quanto mais fugi
do que enfim capturei, não mais visando
aos alvos imortais.

Ó descobrimento retardado
pela força de ver.
Ó encontro de mim, no meu silêncio,
configurado, repleto, numa casta
expressão de temor que se despede.
O golfo mais dourado me circunda
com apenas cerrar-se uma janela.
E já não brinco a luz. E dou notícia
estrita do que dorme,

sob placa de estanho, sonho informe,
um lembrar de raízes, ainda menos
um calar de serenos
desidratados, sublimes ossuários
sem ossos;
a morte sem os mortos; a perfeita
anulação do tempo em tempos vários,
essa nudez, enfim, além dos corpos,
a modelar campinas no vazio
da alma, que é apenas alma, e se dissolve.

AR

Nesta boca da noite,
cheira o tempo a alecrim.
Muito mais trescalava
o incorpóreo jardim.

Nesta cova da noite,
sabe o gesto a alfazema.
O que antes inebriava
era a rosa do poema.

Neste abismo da noite,
erra a sorte em lavanda.
Um perfume se amava,
colante, na varanda.

A narina presente
colhe o aroma passado.
Continuamente vibra
o tempo, embalsamado.

INSTANTE

Uma semente engravidava a tarde.
Era o dia nascendo, em vez da noite.
Perdia amor seu hálito covarde,
e a vida, corcel rubro, dava um coice,

mas tão delicioso, que a ferida
no peito transtornado, aceso em festa,
acordava, gravura enlouquecida,
sobre o tempo sem caule, uma promessa.

A manhã sempre-sempre, e dociastutos
eus caçadores a correr, e as presas
num feliz entregar-se, entre soluços.

E que mais, vida eterna, me planejas?
O que se desatou num só momento
não cabe no infinito, e é fuga e vento.

OS PODERES INFERNAIS

O meu amor faísca na medula,
pois que na superfície ele anoitece.
Abre na escuridão sua quermesse.
É todo fome, e eis que repele a gula.

Sua escama de fel nunca se anula
e seu rangido nada tem de prece.
Uma aranha invisível é que o tece.
O meu amor, paralisado, pula.

Pulula, ulula. Salve, lobo triste!
Quando eu secar, ele estará vivendo,
já não vive de mim, nele é que existe

o que sou, o que sobro, esmigalhado.
O meu amor é tudo que, morrendo,
não morre todo, e fica no ar, parado.

LEÃO-MARINHO

Suspendei um momento vossos jogos
na fímbria azul do mar, peitos morenos.
Pescadores, voltai. Silêncio, coros
de rua, no vaivém, que um movimento

diverso, uma outra forma se insinua
por entre as rochas lisas, e um mugido
se faz ouvir, soturno e diurno, em pura
exalação opressa de carinho.

É o louco leão-marinho, que pervaga,
em busca, sem saber, como da terra
(quando a vida nos dói, de tão exata)

nos lançamos a um mar que não existe.
A doçura do monstro, oclusa, à espera...
Um leão-marinho brinca em nós, e é triste.

A UM MORTO NA ÍNDIA

Meu caro Santa Rosa, que cenário
diferente de quantos compuseste,
a teu fim reservou a sorte vária,
unindo Paraíba e Índias de leste!

Tudo é teatro, suspeito que me dizes,
ou sonhas? ou sorris? e teu cigarro
vai compondo um desenho, entre indivisos
traços de morte e vida e amor e barro.

Amavas tanto o amor que as musas todas
ao celebrar-te (são mulheres) choram,
e não pressentem que um de teus engodos
é não morrer, se as parcas te devoram.

Retifico: são simples tecedeiras,
são mulheres do povo. E teu destino,
uma tapeçaria onde as surpresas
de linha e cor renovam seu ensino.

Que retrato de ti legas ao mundo?
Se são tantos retratos, repartidos
na verlainiana máscara, profunda
mina de intelecções e de sentidos?

Meus livros são teus livros, nessa rubra
capa com que os vestiste, e que entrelaça
um desespero aberto ao sol de outubro
à aérea flor das letras, ritmo e graça.

Os negros, nos murais, cumprem o rito
litúrgico do samba: estão contando
a alegria das formas, trismegisto
princípio de arte, a um teu aceno brando.

Essa alegria de criar, que é tua
explanação maior e mais tocante,
fica girando no ar, enquanto avulta,
em sensação de perda, teu semblante.

Cortês amigo, a fala baixa, o manso
modo de conviver, e a dura crítica,
e o mais de ti que em fantasia dança,
pois a face do artista é sempre mítica,

em movimento rápido se fecha
na rosa de teu nome, claro véu,
ó Tomás Santa Rosa... E em Nova Délhi,
o convite de Deus: pintar o céu.

A VIDA PASSADA A LIMPO

Ó esplêndida lua, debruçada
sobre Joaquim Nabuco, 81.
Tu não banhas apenas a fachada
e o quarto de dormir, prenda comum.

Baixas a um vago em mim, onde nenhum
halo humano ou divino fez pousada,
e me penetras, lâmina de Ogum,
e sou uma lagoa iluminada.

Tudo branco, no tempo. Que limpeza
nos resíduos e vozes e na cor
que era sinistra, e agora, flor surpresa,

já não destila mágoa nem furor:
fruto de aceitação da natureza,
essa alvura de morte lembra amor.

SONETOS DO PÁSSARO

I

Amar um passarinho é coisa louca.
Gira livre na longa azul gaiola
que o peito me constringe, enquanto a pouca
liberdade de amar logo se evola.

É amor meação? pecúlio? esmola?
Uma necessidade urgente e rouca
de no amor nos amarmos se desola
em cada beijo que não sai da boca.

O passarinho baixa a nosso alcance,
e na queda submissa um voo segue,
e prossegue sem asas, pura ausência,

outro romance ocluso no romance.
Por mais que amor transite ou que se negue,
é canto (não é ave) sua essência.

II

Batem as asas? Rosa aberta, a saia
esculpe, no seu giro, o corpo leve.
Entre músculos suaves, uma alfaia,
selada, tremeluz à vista breve.

O que, mal percebido, se descreve
em termos de pelúcia ou de cambraia,
o que é fogo sutil, soprado em neve,
curva de coxa atlântica na praia,

vira mulher ou pássaro? No rosto,
essa mesma expressão aérea ou grave,
esse indeciso traço de sol-posto,

de fuga, que há no bico de uma ave.
O mais é jeito humano ou desumano,
conforme a inclinação de meu engano.

TRÍPTICO DE SÔNIA MARIA DO RECIFE

I

Meu Santo Antônio de Itabira
ou de Apicucos
ensina-me um verso
que seja brando e fale de amanhecer
e se debruce à beira-rio
e pare na estrada
e converse com a menina
como se costuma conversar com formigas
besouros
folhas de cajueiro de ingazeiro de amendoeira
esses assuntos importantíssimos
que não adianta o rei escutar
porque não entende nossa linpim-guapá-gempém.

II

Meu Santo Antônio do Recife
preciso de outro verso bem diferente
mas tirado daquele como um jardim se tira da terra
e todo macio dourado
ágil fosforescente cantábile
para significar a moça
que pouco a pouco se formou ao sol do espelho
e agora está sorrindo

sobre a cordilheira de antepassados
e finca no olhar um ramo
de música, à maneira dos passarinhos.

III

E assim terei celebrado Sônia Maria
Sônia de som e sonho
sonata mozartiana que em modinha
brasileira se ensombra
e vai soar suavíssima no sono
Maria de Maria mariamente
ou de mar de canaviais mar murmurante
Sônia Maria do Recife
nesse ponto de luz tamisada
onde as meninas começam a transformar-se
em nuvem, e as mulheres
meditam sua grave adolescência.

PROCURA

Procurar sem notícia, nos lugares
onde nunca passou;
inquirir, gente não, porém textura,
chamar à fala muros de nascença,
os que não são nem sabem, elementos
de uma composição estrangulada.

Não renunciar, entre possíveis,
feitos de cimento do impossível,
e ao sol-menino opor a antiga busca,
e de tal modo revolver a morte
que ela caia em fragmentos, devolvendo
seus intatos reféns — e aquele volte.

Venha igual a si mesmo, e ao tão-mudado,
que o interroga, insinue
a sigla de um armário cristalino,
além do qual, pascendo beatitudes,
os seres-bois completos, se transitem,
ou mugidoramente se abençoem.

Depois, colóquios instantâneos
liguem Amor, Conhecimento,
como fora de espaço e tempo hão de ligar-se,
e breves despedidas

sem lenços e sem mãos
restaurem — para outros — na esplanada
o império do real, que não existe.

OS MATERIAIS DA VIDA

Drls? Faço meu amor em vidrotil
nossos coitos serão de modernfold
até que a lança de interflex
vipax nos separe
              em clavilux
camabel camabel o vale ecoa
sobre o vazio de ondalit
a noite asfáltica
      plkx

CIÊNCIA

Começo a ver no escuro
um novo tom
de escuro.

Começo a ver o visto
e me incluo
no muro.

Começo a distinguir
um sonilho, se tanto,
de ruga.

E a esmerilhar a graça
da vida, em sua
fuga.

ESPECULAÇÕES EM TORNO DA PALAVRA HOMEM

Mas que coisa é homem
que há sob o nome:
uma geografia?

um ser matafísico?
uma fábula sem
signo que a desmonte?

Como pode o homem
sentir-se a si mesmo,
quando o mundo some?

Como vai o homem
junto de outro homem,
sem perder o nome?

E não perde o nome
e o sal que ele come
nada lhe acrescenta

nem lhe subtrai
da doação do pai?
Como se faz um homem?

Apenas deitar,
copular, à espera
de que do abdômen

brote a flor do homem?
Como se fazer
a si mesmo, antes

de fazer o homem?
Fabricar o pai
e o pai e outro pai

e um pai mais remoto
que o primeiro homem?
Quanto vale o homem?

Menos, mais que o peso?
Hoje mais que ontem?
Vale menos, velho?

Vale menos, morto?
Menos um que outro,
se o valor do homem

é medida de homem?
Como morre o homem,
como começa a?

Sua morte é fome
que a si mesma come?
Morre a cada passo?

Quando dorme, morre?
Quando morre, morre?
A morte do homem

consemelha a goma
que ele masca, ponche
que ele sorve, sono

que ele brinca, incerto
de estar perto, longe?
Morre, sonha o homem?

Por que morre o homem?
Campeia outra forma
de existir sem vida?

Fareja outra vida
não já repetida,
em doido horizonte?

Indaga outro homem?
Por que morte e homem
andam de mãos dadas

e são tão engraçadas
as horas do homem?
Mas que coisa é homem?

Tem medo de morte,
mata-se, sem medo?
Ou medo é que o mata

com punhal de prata,
laço de gravata,
pulo sobre a ponte?

Por que vive o homem?
Quem o força a isso,
prisioneiro insonte?

Como vive o homem,
se é certo que vive?
Que oculta na fronte?

E por que não conta
seu todo segredo
mesmo em tom esconso?

Por que mente o homem?
mente mente mente
desesperadamente?

Por que não se cala,
se a mentira fala,
em tudo que sente?

Por que chora o homem?
Que choro compensa
o mal de ser homem?

Mas que dor é homem?
Homem como pode
descobrir que dói?

Há alma no homem?
E quem pôs na alma
algo que a destrói?

Como sabe o homem
o que é sua alma
e o que é alma anônima?

Para que serve o homem?
para estrumar flores,
para tecer contos?

para servir o homem?
para criar Deus?
Sabe Deus do homem?

E sabe o demônio?
Como quer o homem
ser destino, fonte?

Que milagre é o homem?
Que sonho, que sombra?
Mas existe o homem?

A GOELDI

De uma cidade vulturina
vieste a nós, trazendo
o ar de suas avenidas de assombro
onde vagabundos peixes esqueletos
rodopiam ou se postam em frente a casas inabitáveis
mas entupidas de tua coleção de segredos,
ó Goeldi: pesquisador da noite moral sob a noite física.

Ainda não desembarcaste de todo
e não desembarcarás nunca.
Exílio e memória porejam das madeiras
em que inflexivelmente penetras para extrair
o vitríolo das criaturas
condenadas ao mundo.

És metade sombra ou todo sombra?
Tuas relações com a luz como se tecem?
Amarias talvez, preto no preto,
fixar um novo sol, noturno; e denuncias
as diferentes espécies de treva
em que os objetos se elaboram:
a treva do entardecer e a da manhã;
a erosão do tempo no silêncio;
a irrealidade do real.

Estás sempre inspecionando
as nuvens e a direção dos ciclones.
Céu nublado, chuva incessante, atmosfera de chumbo
são elementos de teu reino
onde a morte de guarda-chuva
comanda
poças de solidão, entre urubus.

Tão solitário, Goeldi! mas pressinto
no glauco reflexo furtivo
que lambe a canoa de teu pescador
e na tarja sanguínea a irromper, escândalo, de teus negrumes
uma dádiva de ti à vida.

Não sinistra,
mas violenta
e meiga,
destas cores compõe-se a rosa em teu louvor.

PRECE DE MINEIRO NO RIO

Espírito de Minas, me visita,
e sobre a confusão desta cidade,
onde voz e buzina se confundem,
lança teu claro raio ordenador.
Conserva em mim ao menos a metade
do que fui de nascença e a vida esgarça,
não quero ser um móvel num imóvel,
quero firme e discreto o meu amor,
meu gesto seja sempre natural,
mesmo brusco ou pesado, e só me punja
a saudade da pátria imaginária.
Essa mesma, não muito. Balançando
entre o real e o irreal, quero viver
como é de tua essência e nos segredas,
capaz de dedicar-me em corpo e alma,
sem apego servil ainda o mais brando.
Por vezes, emudeces. Não te sinto
a soprar da azulada serrania
onde galopam sombras e memórias
de gente que, de humilde, era orgulhosa
e fazia da crosta mineral
um solo humano em seu despojamento.
Outras vezes te invocam, mas negando-te,
como se colhe e se espezinha a rosa.
Os que zombam de ti não te conhecem
na força com que, esquivo, te retrais

e mais límpido quedas, como ausente,
quanto mais te penetra a realidade.
Desprendido de imagens que se rompem
a um capricho dos deuses, tu regressas
ao que, fora do tempo, é tempo infindo,
no secreto semblante da verdade.
Espírito mineiro, circunspecto
talvez, mas encerrando uma partícula
de fogo embriagador, que lavra súbito,
e, se cabe, a ser doidos nos inclinas:
não me fujas no Rio de Janeiro,
como a nuvem se afasta e a ave se alonga,
mas abre um portulano ante meus olhos
que a teu profundo mar conduza, Minas,
Minas além do som, Minas Gerais.

PRANTO GERAL DOS ÍNDIOS

Chamar-te Maíra
              Dyuna
                    Criador
seria mentir
pois os seres e as coisas respiravam antes de ti
mas tão desfolhados em seu abandono
que melhor fora não existissem
As nações erravam em fuga e terror
Vieste e nos encontraste
Eras calmo pequeno determinado
teu gesto paralisou o medo
tua voz nos consolou, era irmã
Protegidos de teu braço nos sentimos
O akangatar mais púrpura e sol te cingiria
mas quiseste apenas nossa fidelidade

Eras um dos nossos voltando à origem
e trazias na mão o fio que fala
e o foste estendendo até o maior segredo da mata
A piranha a cobra a queixada a maleita
não te travavam o passo
militar e suave
Nossas brigas eram separadas
e nossos campos de mandioca marcados
pelo sinal da paz

E dos que se assustavam pendia o punho
fascinado pela força de teu bem-querer
Ó Rondon, trazias contigo o sentimento da terra

Uma terra sempre furtada
pelos que vêm de longe e não sabem
possuí-la
terra cada vez menor
onde o céu se esvazia de caça e o rio é memória
de peixes espavoridos pela dinamite
terra molhada de sangue
e de cinza estercada de lágrimas
e lues
em que o seringueiro o castanheiro o garimpeiro o bugreiro co-
                                        [lonial e moderno
celebram festins de extermínio

Não nos deixaste sós quando te foste
Ficou a lembrança, rã pulando n'água
do rio da Dúvida: voltarias?
Amigos que nos despachaste contavam de ti sem luz
antigo, entre pressas e erros, guardando
em ti, no teu amor tornado velho
o que não pode o tempo esfarinhar
e quanto nossa pena te doía

Afinal já regressas. É janeiro
tempo de milho verde. Uma andorinha
um broto de buriti nos anunciam

tua volta completa e sem palavra
A coisa amarga
girirebboy circula nosso peito
e karori a libélula pousando
no silêncio de velhos e de novos
é como o fim de todo movimento

A manada dos rios emudece
Um apagar de rastos um sossego
de errantes falas saudosas, uma paz
coroada de folhas nos roça
e te beijamos
como se beija a nuvem na tardinha
que vai dormir no rio ensanguentado

Agora dormes
um dormir tão sereno que dormimos
nas pregas de teu sono
Os que restam da glória velha feiticeiros
oleiros cantores bailarinos
estáticos debruçam-se em teu ombro
ron don ron don
repouso de felinos toque lento
de sinos na cidade murmurando
Rondon
Amigo e pai sorrindo na amplidão

CICLO

Sorrimos para as mulheres bojudas que passam como cargueiros
[adernando,
sorrimos sem interesse, porque a prenhez as circunda.
E levamos balões às crianças que afinal se revelam,
vemo-las criar folhas e temos cuidados especiais com sua segu-
[rança,
porque a rua é mortal e a seara não amadureceu.
Assistimos ao crescimento colegial das meninas, e como é rude
infundir ritmo ao puro desengonço, forma ao espaço!
Nosso desejo, de ainda não desejar, não se sabe desejo,
e espera.
Como o bicho espera outro bicho.
E o furto espera o ladrão.
E a morte espera o morto.
E a mesma espera, sua esperança.

De repente, sentimos um arco ligando ao céu nossa medula,
e no fundamento do ser a hora fulgura.
É agora, o altar está brunido
e as alfaias cada uma tem seu brilho
e cada brilho seu destino.
Um antigo sacrifício já se alteia
e no linho amarfanhado um búfalo estampou
a sentença dos búfalos.

As crianças crescem tanto, e continuam
tão jardim, mas tão jardim na tarde rubra.
São eternas as crianças decepadas,
e lá embaixo da cama seus destroços
nem nos ferem a vista nem repugnam
a esse outro ser blindado que desponta
de sua própria e ingênua imolação.

E porque subsistem, as crianças,
e boiam na íris madura a censurar-nos,
e constrangem, derrotam
a solércia dos grandes,
há em certos amores essa distância de um a outro
que separa, não duas cidades, mas dois corpos.

Perturbação de entrar
no quarto de nus,
tristeza de nudez que se sabe julgada,
comparação de veia antiga a pele nova,
presença de relógio insinuada entre roupas íntimas,
um ontem ressoando sempre,
e ciência, entretanto, de que nada continua e nem mesmo talvez
[exista.

Então nos punimos em nossa delícia.
O amor atinge raso, e fere tanto.
Nu a nu,
fome a fome,
não confiscamos nada e nos vertemos.

E é terrivelmente adulto esse animal
a espreitar-nos, sorrindo,
como quem a si mesmo se revela.

As crianças estão vingadas no arrepio
com que vamos à caça; no abandono
de nós, em que se esfuma nossa posse.
(Que possuímos de ninguém, e em que nenhuma região nos sa-
 [bemos pensados,
sequer admitidos como coisas vivendo
salvo no rasto de coisas outras, agressivas?)

Voltamos a nós mesmos, destroçados.
Ai, batalha do tempo contra a luz,
vitória do pequeno sobre o muito,
quem te previu na graça do desejo
a pular de cabrito sobre a relva
súbito incendiada em línguas de ira?
Quem te compôs de sábia timidez
e de suplicazinhas infantis
tão logo ouvidas como desdenhadas?
De impossíveis, de risos e de nadas
tu te formaste, só, em meio aos fortes;
cresceste em véu e risco; disfarçaste
de ti mesma esse núcleo monstruoso
que faz sofrer os máximos guerreiros
e compaixão infunde às mesmas pedras
e a crótalos de bronze nos jardins.
Ei-los prostrados, sim, e nos seus rostos

poluídos de chuva e de excremento
uma formiga escreve, contra o vento,
a notícia dos erros cometidos;
e um cavalo relincha, galopando;
e um desespero sem amar, e amando,
tinge o espaço de um vinho episcopal,
tão roxo é o sangue borrifado a esmo,
de feridas expostas em vitrinas,
joias comuns em suas formas raras
de tarântula   cobra
touro   verme
feridas latejando sem os corpos
deslembrados de tudo na corrente.

Noturno e ambíguo esse sorriso em nosso rumo.
Sorrimos também — mas sem interesse — para as mulheres bo-
                                             [judas que passam,
cargueiros adernando em mar de promessa
contínua.

PACTO

Que união floral existe
entre as mulheres e Di Cavalcanti?
Se o que há nelas de fero ou triste
a ele se entrega, confiante?

Que chave lhe deram, em São Cristóvão,
para abrir a porta dos olhos
— e no labirinto escuro se acendem
lumes de paixão, ignotos?

Quem lhe soprou a ciência plástica
de resumir em cor o travo
das mais ácidas, o mel intenso
das suburbanas, o peso imenso
de corpos que sonham dar-se?

E o que ele aprendeu do corpo
sem alma, porque toda a alma,
como uma víbora calma,
coleia na pele do rosto?

E essa pegajosa linguagem
de desejo a surdir da gruta,
e esse suspiro, ai Deus, telúrico,
de sangue moreno-sulfúrico?

É o Rio que, feito rio
de vivências, lhe flui nas tintas
de um calor pedindo nudez?
O engenho de cana avoengo,
a mastigar doçuras de vez?

São os instintos em grinalda,
em movimento lento e grave,
tão majestoso, que a pintura antiga
explode nos jogos modernos
da angústia?

Tudo é pergunta, na criação,
e tudo canta, é boca,
no belveder dos sessenta anos,
entre nuvens escravas.
     Multiamante,
Di Cavalcanti fez pacto com a mulher.

VÉSPERA

Amor: em teu regaço as formas sonham
o instante de existir: ainda é bem cedo
para acordar, sofrer. Nem se conhecem
os que se destruirão em teu bruxedo.

Nem tu sabes, amor, que te aproximas
a passo de veludo. És tão secreto,
reticente e ardiloso, que semelhas
uma casa fugindo ao arquiteto.

Que presságios circulam pelo éter,
que signos de paixão, que suspirália
hesita em consumar-se, como flúor,
se não a roça enfim tua sandália?

Não queres morder célere nem forte.
Evitas o clarão aberto em susto.
Examinas cada alma. É fogo inerte?
O sacrifício há de ser lento e augusto.

Então, amor, escolhes o disfarce.
Como brincas (e és sério) em cabriolas,
em risadas sem modo, pés descalços,
no círculo de luz que desenrolas!

Contempla este jardim: os namorados,
dois a dois, lábio a lábio, vão seguindo
de teu capricho o hermético astrolábio,
e perseguem o sol no dia findo.

E se deitam na relva; e se enlaçando
num desejo menor, ou na indecisa
procura de si mesmos, que se expande,
corpóreo, são mais leves do que brisa.

E na montanha-russa o grito unânime
é medo e gozo ingênuo, repartido
em casais que se fundem, mas sem flama,
que só mais tarde o peito é consumido.

Olha, amor, o que fazes desses jovens
(ou velhos) debruçados na água mansa,
relendo a sem-palavra das estórias
que nosso entendimento não alcança.

Na pressa dos comboios, entre silvos,
carregadores e campainhas, rouca
explosão de viagem, como é lírico
o batom a fugir de uma a outra boca.

Assim teus namorados se prospectam:
um é mina do outro; e não se esgota
esse ouro surpreendido nas cavernas
de que o instinto possui a esquiva rota.

Serão cegos, autômatos, escravos
de um deus sem caridade e sem presença?
Mas sorriem os olhos, e que claros
gestos de integração, na noite densa!

Não ensaies demais as tuas vítimas
ó amor, deixa em paz os namorados.
Eles guardam em si, coral sem ritmo,
os infernos futuros e passados.

A UM BRUXO, COM AMOR

Em certa casa da Rua Cosme Velho
(que se abre no vazio)
venho visitar-te; e me recebes
na sala trastejada com simplicidade
onde pensamentos idos e vividos
perdem o amarelo
de novo interrogando o céu e a noite.

Outros leram da vida um capítulo, tu leste o livro inteiro.
Daí esse cansaço nos gestos e, filtrada,
uma luz que não vem de parte alguma
pois todos os castiçais
                    estão apagados.

Contas a meia voz
maneiras de amar e de compor os ministérios
e deitá-los abaixo, entre malinas
e bruxelas.
Conheces a fundo
a geologia moral dos Lobo Neves
e essa espécie de olhos derramados
que não foram feitos para ciumentos.
E ficas mirando o ratinho meio cadáver
com a polida, minuciosa curiosidade
de quem saboreia por tabela
o prazer de Fortunato, vivisseccionista amador.

Olhas para a guerra, o murro, a facada
como para uma simples quebra da monotonia universal
e tens no rosto antigo
uma expressão a que não acho nome certo
(das sensações do mundo a mais sutil):
volúpia do aborrecimento?
ou, grande lascivo, do nada?

O vento que rola do Silvestre leva o diálogo,
e o mesmo som do relógio, lento, igual e seco,
tal um pigarro que parece vir do tempo da Stoltz e do gabinete
                                                              [Paraná,
mostra que os homens morreram.
A terra está nua deles.
Contudo, em longe recanto,
a ramagem começa a sussurrar alguma coisa
que não se entende logo
e parece a canção das manhãs novas.
Bem a distingo, ronda clara:
é Flora,
com olhos dotados de um mover particular
entre mavioso e pensativo;
Marcela, a rir com expressão cândida (e outra coisa);
Virgília,
cujos olhos dão a sensação singular de luz úmida;
Mariana, que os tem redondos e namorados;
e Sancha, de olhos intimativos;
e os grandes, de Capitu, abertos como a vaga do mar lá fora,

o mar que fala a mesma linguagem
obscura e nova de D. Severina
e das chinelinhas de alcova de Conceição.
A todas decifraste íris e braços
e delas disseste a razão última e refolhada
moça, flor mulher flor
canção de manhã nova...
E ao pé dessa música dissimulas (ou insinuas, quem sabe)
o turvo grunhir dos porcos, troça concentrada e filosófica
entre loucos que riem de ser loucos
e os que vão à Rua da Misericórdia e não a encontram.

O eflúvio da manhã,
quem o pede ao crepúsculo da tarde?
Uma presença, o clarineta,
vai pé ante pé procurar o remédio,
mas haverá remédio para existir
senão existir?
E, para os dias mais ásperos, além
da cocaína moral dos bons livros?
Que crime cometemos além de viver
e porventura o de amar
não se sabe a quem, mas amar?

Todos os cemitérios se parecem,
e não pousas, em nenhum deles, mas onde a dúvida
apalpa o mármore da verdade, a descobrir
a fenda necessária;

onde o diabo joga dama com o destino,
estás sempre aí, bruxo alusivo e zombeteiro,
que resolves em mim tantos enigmas.

Um som remoto e brando
rompe em meio a embriões e ruínas,
eternas exéquias e aleluias eternas,
e chega ao despistamento de teu pencenê.
O estribeiro Oblivion
bate à porta e chama ao espetáculo
promovido para divertir o planeta Saturno.
Dás volta à chave,
envolves-te na capa,
e qual novo Ariel, sem mais resposta,
sais pela janela, dissolves-te no ar.

INQUÉRITO

Pergunta às árvores da rua
que notícia têm desse dia
filtrado em betume da noite;
se por acaso pressentiram
nas aragens conversadeiras,
ágil correio do universo,
um calar mais informativo
que toda grave confissão.

Pergunta aos pássaros, cativos
do sol e do espaço, que viram
ou bicaram de mais estranho,
seja na pele das estradas
seja entre volumes suspensos
nas prateleiras do ar, ou mesmo
sob a palma da mão de velhos
profissionais de solidão.

Pergunta às coisas, impregnadas
de sono que precede a vida
e a consuma, sem que a vigília
intermédia as liberte e faça
conhecedoras de si mesmas,
que prisma, que diamante fluido
concentra mil fogos humanos
onde era ruga e cinza e não.

Pergunta aos hortos que segredo
de clepsidra, areia e carocha
se foi desenrolando, lento
no calado rumo do infante
a divagar por entre símbolos
de símbolos outros, primeiros,
e tão acessíveis aos pobres
como a breve casca do pão.

Pergunta ao que, não sendo, resta
perfilado à porta do tempo,
aguardando vez de possível;
pergunta ao vago, sem propósito
de captar maiores certezas
além da vaporosa calma
que uma presença imaginária
dá aos quartos do coração.

A ti mesmo, nada perguntes.

A UM HOTEL EM DEMOLIÇÃO

Vai, Hotel Avenida,
vai convocar teus hóspedes
no plano de outra vida.

Eras vasto vermelho,
em cada quarto havias
um ardiloso espelho.

Nele se refletia
cada figura em trânsito
e o mais que se não lia

nem mesmo pela frincha
da porta: o que um esconde,
polpa do eu, e guincha

sem se fazer ouvir.
E advindo outras faces
em contínuo devir,

o espelho eram mil máscaras
mineiroflumenpau-
listas, boas, más, caras.

50 anos-imagem
e 50 de catre
50 de engrenagem

noturna e confidente
que nos recolhe a úrica
verdade humildemente.

(Pois eras bem longevo, Hotel, e no teu bojo
o que era nojo se sorria, em pó, contigo.)

O tardo e rubro alexandrino decomposto.

Casais entrelaçados no sussurro
do carvão carioca, bondes fagulhando, políticos
politicando em mornos corredores
estrelas italianas, porteiros em êxtase
                cabineiros
em pânico:

Por que tanta suntuosidade se encarcera
entre quatro tabiques de comércio?
A bandeja vai tremulargentina:
desejo café geleia matutinos que sei eu.
A mulher estava nua no quarto e recebeu-me
com a gravidade própria aos deuses em viagem:
Stellen Sie es auf den Tisch!

Sim, não fui teu quarteiro, nem ao menos
boy em teu sistema de comunicações louça
a serviço da prandial azáfama diurna.
Como é que vivo então os teus arquivos

e te malsinto em mim que nunca estive
em teu registro como estão os mortos
em seus compartimentos numerados?

Represento os amores que não tive
mas em ti se tiveram foice-coice.
Como escorre
escada serra abaixo a lesma
                    das memórias
de duzentos mil corpos que abrigaste
ficha ficha ficha ficha ficha
fichchchchch
O 137 está chamando
depressa que o homem vai morrer
é aspirina? padre que ele quer?
Não, se ele mesmo é padre e está rezando
por conta dos pecados deste hotel
e de quaisquer outros hotéis pelo caminho
que passa de um a outro homem, que em nenhum
ponto tem princípio ou desemboque;
e é apenas caminho e sempre sempre
se povoa de gestos e partidas
e chegadas e fugas e quilômetros.
Ele reza ele morre e solitária
uma torneira
pinga
e o chuveiro
chuvilha

e a chama
azul do gás silva no banho
sobre o Largo da Carioca em flor ao sol.

(Entre tapumes não te vejo
roto desventrado poluído
imagino-te ileso
emergindo dos sambas dos dobrados da polícia militar, do coro
           [ululante de torcedores do campeonato mundial
           [pelo rádio
a todos oferecendo, Hotel Avenida,
uma palma de cor nunca esbatida.)

Eras o Tempo e presidias
ao febril reconhecimento de dedos
amor sem pouso certo na cidade
à trama dos vigaristas, à esperança
dos empregos, à ferrugem dos governos
à vida nacional em termos de indivíduo
e a movimentos de massa que vinham espumar
sob a arcada conventual de teus bondes.

Estavas no centro do Brasil,
nostalgias januárias balouçavam
em teu regaço, capangueiros vinham
confiar-te suas pedras, boiadeiros
pastoreavam rebanhos no terraço
e em açúcar de lágrimas caipiras

eras ensacado a todo instante em envelopes
(azuis?) nos escaninhos da gerência
e eras tanto café e alguma promissória.

Que professor professa numa alcova
irreal, Direito das Coisas, doutrinando
a baratas que atarefadas não o escutam?
Que flauta insiste na sonatina sem piano
em hora de silêncio regulamentar?
E as manias de moradores antigos
que recebem à noite a visita do prefeito Passos para discutir no-
[vas técnicas urbanísticas?
E teus mortos
incomparavelmente mortos de hotel fraudados
na morte familial a que aspiramos
como a um não-morrer-morrido;
mortos que é preciso despachar
rápido, não se contagiem lençóis
e guardapires
dessa friúra diversa que os circunda
nem haja nunca memória nesta cama
do que não seja vida na Avenida.

Ouves a ladainha em bolhas intestinas?

Balcão de mensageiros imóveis saveiros
banca de jornais para nunca e mais
alvas lavandeiras de que restam estrias

bonbonnières *onde o papel de prata*
faz serenata em boca de mulheres
central telefônica soturnamente afônica
discos lamentação de partidos meniscos
        papelarias
        conversarias
chope da Brahma louco de quem ama
e o Bar Nacional pura afetividade
súbito ressuscita Mário de Andrade.

Que fazer do relógio
ou fazer de nós mesmos
sem tempo sem mais ponto
sem contraponto sem
medida de extensão
sem sequer necrológio
enquanto em cinza foge o
impaciente bisão
a que ninguém os chifres
sujigou, aflição?
Ele marcava mar-
cava cava cava
e eis-nos sós marcados
de todos os falhados
amores recolhidos
relógio que não ouço
e nem me dá ouvidos
robô de puro olfato
a farejar o imenso

país do imóvel tato
as vias que corri
a teu comando fecham-se
nas travessas em I
nos vagos pesadelos
nos sombrios dejetos
em que nossos projetos
se estratificaram.

A ti não te destroem
como as térmitas papam
livro terra existência.
Eles sim teus ponteiros
vorazes esfarelam
a túnica de Vênus
o de mais o de menos
este verso tatuado
e tudo que hei andado
por te iludir e tudo
que nas arkademias
institutos autárquicos
históricos astutos
se ensina com malícia
sobre o evolver das coisas
ó relógio hoteleiro
deus do cauto mineiro,
      silêncio,
          pudicícia.

Mas tudo que moeste
hoje de ti se vinga
        por artes
de pensada mandinga.
Deglutimos teu vidro
abafando a linguagem
que das próprias estilhas
se afadiga em pulsar
o minuto de espera
quando cessou na tarde
a brisa de esperar.

Rangido de criança nascendo.

Por favor, senhor poeta Martins Fontes, recite mais baixo suas odes enquanto minha senhora acaba de parir no quarto de cima, e o poeta velou a voz, mas quando o bebê aflorou ao mundo é o pai que faz poesia saltarilha e pede ao poeta que eleve o diapasão para celebrarem todos, hóspedes, camareiros e pardais, o grato alumbramento.

Anoitecias. Na cruz dos quatro caminhos, lá embaixo, apanhadores, ponteiros, engole-listas de sete prêmios repousavam degustando garapa.

Mujer malvada, yo te mataré! artistas ensaiavam nos quartos? I will grind your bones to dust, and with your blood and it I'll make a paste. Bagaço de cana, lá embaixo.

Todo hotel é fluir. Uma corrente
atravessa paredes, carreando o homem,
suas exalações de substância. Todo hotel

é morte, nascer de novo; passagem; se pombos
nele fazem estação, habitam o que não é de ser habitado
mas apenas cortado. As outras casas prendem
e se deixam possuir ou tentam fazê-lo, canhestras.
O espaço procura fixar-se. A vida se espacializa,
modela-se em cristais de sentimento.
A porta se fecha toda santa noite.
Tu não te encerras, não podes. A cada instante
alguém se despede de teus armários infiéis
e os que chegam já trazem a volta na maleta.
220 Fremdenzimmer e te vês sempre vazio
e o espelho reflete outro espelho
o corredor cria outro corredor
homem quando nudez indefinidamente.

No centro do Rio de Janeiro
        ausência
no curral da manada dos bondes
        ausência
no desfile dos sábados
no esfregar no repenicar dos blocos
        ausência
nas cavatinas de Palermo
no aboio dos vespertinos
        ausência
verme roendo maçã
verme roído por verme
verme auto-roído
roer roendo o roer
e a ânsia de acabar, que não espera

o termo veludoso das ruínas
nem a esvoaçante morte de hidrogênio.

Eras solidão tamoia
vir-a-ser de casa
em vir-a-ser de cidade onde lagartos.

Vem ó velho Malta
saca-me uma foto
pulvicinza efialta
desse pouso ignoto.

Junta-lhe uns quiosques
mil e novecentos,
nem iaras nem bosques
mas pobres piolhentos.

Põe como legenda
Queijo Itatiaia
e o mais que compreenda
condição lacaia.

Que estas vias feias
muito mais que sujas
são tortas cadeias
conchas caramujas

do burro sem rabo
servo que se ignora

e de pobre-diabo
dentro, fome fora.

Velho Malta, *please*,
bate-me outra chapa:
hotel de marquise
maior que o rio Apa.

Lá do assento etéreo,
Malta, sub-reptício
inda não te fere o
super edifício

que deste chão surge?
Dá-me seu retrato
futuro, pois urge

documentar as sucessivas posses da terra até o juízo final e mesmo depois dele se há como três vezes confiamos que haja um supremo ofício de registro imobiliário por cima da instantaneidade do homem e da pulverização das galáxias.

Já te lembrei bastante sem que amasse
uma pedra sequer de tuas pedras
mas teu nome — A V E N I D A — caminhava
à frente de meu verso e era mais amplo

e mais formas continha que teus cômodos
(o tempo os degradou e a morte os salva),

e onde abate o alicerce ou foge o instante
estou comprometido para sempre.

Estou comprometido para sempre
eu que moro e desmoro há tantos anos
o Grande Hotel do Mundo sem gerência

em que nada existindo de concreto
— avenida, avenida — tenazmente
de mim mesmo sou hóspede secreto.

DRUMMOND
VIDA E OBRA

CRONOLOGIA

1902 Nasce em Itabira do Mato Dentro, estado de Minas Gerais, em 31 de outubro, nono filho de Carlos de Paula Andrade, fazendeiro, e D. Julieta Augusta Drummond de Andrade.

1910 Inicia o curso primário no Grupo Escolar Dr. Carvalho Brito, em Belo Horizonte, onde conhece Gustavo Capanema e Afonso Arinos de Melo Franco.

1916 Aluno interno no Colégio Arnaldo da Congregação do Verbo Divino, Belo Horizonte.

1917 Toma aulas particulares com o professor Emílio Magalhães, em Itabira.

1918 Aluno interno no Colégio Anchieta da Companhia de Jesus, em Nova Friburgo; é laureado em "certames literários".

Seu irmão Altivo publica, no único exemplar do jornalzinho *Maio*, seu poema em prosa "Onda".

1919 Expulso do Colégio Anchieta por "insubordinação mental".

1920 Muda-se com a família para Belo Horizonte.

1921 Publica seus primeiros trabalhos na seção "Sociais" do *Diário de Minas*.

Conhece Milton Campos, Abgar Renault, Emílio Moura, Alberto Campos, Mário Casassanta, João Alphonsus, Batista Santiago, Aníbal Machado, Pedro Nava, Gabriel Passos, Heitor de Sousa e João Pinheiro Filho, todos frequentadores do Café Estrela e da Livraria Alves.

1922 Ganha 50 mil-réis de prêmio pelo conto "Joaquim do Telhado", no concurso Novela Mineira.

Publica trabalhos nas revistas *Todos* e *Ilustração Brasileira*.

1923 Entra para a Escola de Odontologia e Farmácia de Belo Horizonte.

1924 Inicia a correspondência com Manuel Bandeira, manifestando-lhe sua admiração.

Conhece Blaise Cendrars, Oswald de Andrade, Tarsila do Amaral e Mário de Andrade, no Grande Hotel de Belo Horizonte. Pouco tempo depois inicia a correspondência com Mário de Andrade, que durará até poucos dias antes da morte de Mário.

1925 Casa-se com a senhorita Dolores Dutra de Morais, a primeira ou segunda mulher a trabalhar num emprego (como contadora numa fábrica de sapatos) em Belo Horizonte, segundo o próprio Drummond.

Funda, junto com Emílio Moura e Gregoriano Canedo, *A Revista*, órgão modernista do qual saem três números.

Conclui o curso de Farmácia, mas não chega a exercer a profissão, alegando querer "preservar a saúde dos outros".

1926 Leciona Geografia e Português no Ginásio Sul-Americano de Itabira.

Volta para Belo Horizonte, por iniciativa de Alberto Campos, para trabalhar como redator-chefe do *Diário de Minas*.

Heitor Villa-Lobos, sem conhecê-lo, compõe uma seresta sobre o poema "Cantiga de viúvo".

1927 Nasce, no dia 22 de março, seu filho Carlos Flávio, que morre meia hora depois, devido a complicações respiratórias.

1928 Nasce, no dia 4 de março, sua filha Maria Julieta, que se tornará sua grande companheira e confidente ao longo da vida.

Publica na *Revista de Antropofagia* de São Paulo o poema "No meio do caminho", que se torna um dos maiores escândalos literários do Brasil.

Torna-se auxiliar de redação da *Revista do Ensino*, da Secretaria de Educação.

1929 Deixa o *Diário de Minas* para trabalhar no *Minas Gerais*, órgão oficial do estado, como auxiliar de redação e pouco depois como redator, sob a direção de Abílio Machado.

1930 Publica seu primeiro livro, *Alguma poesia*, em edição de 500 exemplares paga pelo autor, sob o selo imaginário Edições Pindorama, criado por Eduardo Frieiro.

Auxiliar de gabinete do secretário de Interior, Cristiano Machado, passa a oficial de gabinete quando seu amigo Gustavo Capanema substitui Machado.

1931 Morre, aos 70 anos, seu pai, Carlos de Paula Andrade.

1933 Redator de *A Tribuna*.

Acompanha Gustavo Capanema quando este é nomeado interventor federal em Minas Gerais.

1934 Trabalha como redator nos jornais *Minas Gerais*, *Estado de Minas* e *Diário da Tarde*, simultaneamente.

Publica *Brejo das Almas*, em edição de 200 exemplares, pela cooperativa Os Amigos do Livro.

Muda-se com D. Dolores e Maria Julieta para o Rio de Janeiro, onde passa a trabalhar como chefe de gabinete de Gustavo Capanema, novo ministro da Educação e Saúde Pública.

1935 Responde pelo expediente da Diretoria-Geral e é membro da Comissão de Eficiência do Ministério da Educação.

1937 Colabora na *Revista Acadêmica*, de Murilo Miranda.

1940 Publica *Sentimento do mundo*, em tiragem de 150 exemplares, distribuídos entre os amigos.

1941 Assina, sob o pseudônimo O Observador Literário, a seção "Conversa literária" da revista *Euclides*.

Colabora no suplemento literário de *A Manhã*, dirigido por Múcio Leão e mais tarde por Jorge Lacerda.

1942 A Livraria José Olympio Editora publica *Poesias*. José Olympio é o primeiro editor a publicar a obra do poeta.

1943 Traduz e publica a obra *Thérèse Desqueyroux*, de François Mauriac, sob o título de *Uma gota de veneno*.

1944 Publica *Confissões de Minas*, por iniciativa de Álvaro Lins.

1945 Publica *A rosa do povo*, pela José Olympio, e a novela *O gerente*, pela Edições Horizonte.

Colabora no suplemento literário do *Correio da Manhã* e na *Folha Carioca*.

Deixa a chefia de gabinete de Capanema, sem nenhum atrito com este, e, a convite de Luís Carlos Prestes, figura como coeditor do diário comunista *Tribuna Popular*, junto com Pedro Mota Lima, Álvaro

Moreyra, Aydano do Couto Ferraz e Dalcídio Jurandir. Meses depois se afasta do jornal, por discordar da sua orientação.

É chamado por Rodrigo M. F. de Andrade para trabalhar na Diretoria do Patrimônio Histórico e Artístico Nacional, onde mais tarde se tornará chefe da Seção de História, na Divisão de Estudos e Tombamento.

1946 Recebe o Prêmio pelo Conjunto da Obra, da Sociedade Felipe d'Oliveira.

Aos 17 anos de idade, sua filha Maria Julieta publica a novela *A busca*, pela José Olympio.

1947 É publicada sua tradução de *Les Liaisons dangereuses*, de Choderlos de Laclos, sob o título de *As relações perigosas*.

1948 Publica *Poesia até agora*.

Colabora em *Política e Letras*, de Odylo Costa, filho.

Morre sua mãe, Julieta Augusta Drummond de Andrade. Comparece ao enterro em Itabira, que acontece ao mesmo tempo que é executada, no Teatro Municipal do Rio de Janeiro, a obra *Poema de Itabira*, de Heitor Villa-Lobos, composta sobre seu poema "Viagem na família".

1949 Volta a escrever no jornal *Minas Gerais*.

Sua filha Maria Julieta casa-se com o escritor e advogado argentino Manuel Graña Etcheverry e passa a residir em Buenos Aires, onde desempenhará, ao longo de 34 anos, um importante trabalho de divulgação da cultura brasileira.

1950 Viaja a Buenos Aires para o nascimento de seu primeiro neto, Carlos Manuel.

1951 Publica *Claro enigma*, *Contos de aprendiz* e *A mesa*.

É publicado em Madri o livro *Poemas*.

1952 Publica *Passeios na ilha* e *Viola de bolso*.

1953 Exonera-se do cargo de redator do *Minas Gerais*, ao ser estabilizada sua situação de funcionário da DPHAN.

Vai a Buenos Aires para o nascimento de seu neto Luis Mauricio, a quem dedica o poema "A Luis Mauricio, infante".

É publicado em Buenos Aires o livro *Dos poemas*, com tradução de Manuel Graña Etcheverry, genro do poeta.

1954 Publica *Fazendeiro do ar & Poesia até agora*.

Aparece sua tradução de *Les Paysans*, de Balzac.

Realiza na Rádio Ministério da Educação, em diálogo com Lya Cavalcanti, a série de palestras "Quase memórias".

Inicia no *Correio da Manhã* a série de crônicas "Imagens", mantida até 1969.

1955 Publica *Viola de bolso novamente encordoada*.

1956 Publica *50 poemas escolhidos pelo autor*.

Aparece sua tradução de *Albertine disparue*, de Marcel Proust.

1957 Publica *Fala, amendoeira* e *Ciclo*.

1958 Publica-se em Buenos Aires uma seleção de seus poemas na coleção Poetas del Siglo Veinte.

É encenada e publicada a sua tradução de *Doña Rosita la soltera*, de Federico García Lorca, pela qual recebe o Prêmio Padre Ventura, do Círculo Independente de Críticos Teatrais.

1960 Nasce em Buenos Aires seu terceiro neto, Pedro Augusto.

A Biblioteca Nacional publica a sua tradução de *Oiseaux-mouches ornithorynques du Brésil*, de Descourtilz.

Colabora em *Mundo Ilustrado*.

1961 Colabora no programa *Quadrante*, da Rádio Ministério da Educação, instituído por Murilo Miranda.

Morre seu irmão Altivo.

1962 Publica *Lição de coisas*, *Antologia poética* e *A bolsa e a vida*.

É demolida a casa da Rua Joaquim Nabuco, 81, onde viveu 21 anos. Passa a residir em apartamento.

São publicadas suas traduções de *L'Oiseau bleu*, de Maurice Maeterlinck, e de *Les Fourberies de Scapin*, de Molière, que é encenada no Teatro Tablado, do Rio de Janeiro.

Recebe novamente o Prêmio Padre Ventura.

Aposenta-se como chefe de seção da DPHAN, após 35 anos de serviço público, recebendo carta de louvor do ministro da Educação, Oliveira Brito.

1963 É lançada sua tradução de *Sult* (*Fome*), de Knut Hamsun.

Recebe os prêmios Fernando Chinaglia, da União Brasileira de Escritores, e Luísa Cláudio de Sousa, do PEN Clube do Brasil, pelo livro *Lição de coisas*.

Colabora no programa *Vozes da cidade*, instituído por Murilo Miranda, na Rádio Roquette-Pinto, e inicia o programa *Cadeira de balanço*, na Rádio Ministério da Educação.

Viaja com D. Dolores a Buenos Aires.

1964 Publica a primeira edição da *Obra completa*, pela Aguilar.

1965 Publicados os livros *Antologia poética*, em Portugal, *In the Middle of the Road*, nos Estados Unidos, e *Poesie*, na Alemanha.

Publica, em colaboração com Manuel Bandeira, *Rio de Janeiro em prosa & verso*.

Colabora em *Pulso*.

1966 Publica *Cadeira de balanço*, e na Suécia é lançado *Naten och rosen*.

1967 Publica *Versiprosa, José e outros, Mundo, vasto mundo, Uma pedra no meio do caminho* e *Minas Gerais (Brasil, terra e alma)*.

Publicações de *Fyzika strachu*, em Praga, e *Mundo, vasto mundo*, com tradução de Manuel Graña Etcheverry, em Buenos Aires.

1968 Publica *Boitempo & A falta que ama*.

Membro correspondente da Hispanic Society of America, Estados Unidos.

1969 Deixa o *Correio da Manhã* e começa a escrever para o *Jornal do Brasil*.

Publica *Reunião* (10 livros de poesia).

1970 Publica *Caminhos de João Brandão*.

1971 Publica *Seleta em prosa e verso*.

Edição de *Poemas*, em Cuba.

1972 Viaja a Buenos Aires com D. Dolores para visitar a filha, Maria Julieta.

Publica *O poder ultrajovem*.

Jornais do Rio de Janeiro, São Paulo, Belo Horizonte e Porto Alegre publicam suplementos comemorativos do 70° aniversário do poeta.

1973 Publica *As impurezas do branco*, *Menino antigo* (*Boitempo II*), *La bolsa y la vida*, em Buenos Aires, e *Réunion*, em Paris.

1974 Recebe o Prêmio de Poesia da Associação Paulista de Críticos Literários.

Membro honorário da American Association of Teachers of Spanish and Portuguese, dos Estados Unidos.

1975 Publica *Amor, amores*.

Recebe o Prêmio Nacional Walmap de Literatura, e recusa, por motivo de consciência, o Prêmio Brasília de Literatura, da Fundação Cultural do Distrito Federal.

1977 Publica *A visita*, *Discurso de primavera e algumas sombras* e *Os dias lindos*.

Grava 42 poemas em dois *long plays*, lançados pela Polygram.

Edição búlgara de *Iybctbo ba Cbeta* (*Sentimento do mundo*).

1978 Publica *70 historinhas* e *O marginal Clorindo Gato*.

Edições argentinas de *Amar-amargo* e *El poder ultrajoven*.

1979 Publica *Poesia e prosa*, 5ª edição, revista e atualizada, pela editora Nova Aguilar.

Viaja a Buenos Aires por motivo de doença de sua filha Maria Julieta.

Publica *Esquecer para lembrar* (*Boitempo III*).

1980 Recebe os prêmios Estácio de Sá, de jornalismo, e Morgado Mateus (Portugal), de poesia.

Edição limitada de *A paixão medida*.

Noite de autógrafos na Livraria José Olympio Editora para o lançamento conjunto da edição comercial de *A paixão medida* e *Um buquê de alcachofras*, de Maria Julieta Drummond de Andrade; o poeta e sua filha autografam juntos na sede da José Olympio.

Edição de *En Rost at Folket*, Suécia. Edição de *The Minus Sign*, Estados Unidos. Edição de *Gedichten* (*Poemas*), Holanda.

1981 Publica *Contos plausíveis* e *O pipoqueiro da esquina*.

Edição inglesa de *The Minus Sign*.

1982 Ano do 80° aniversário do poeta. São realizadas exposições comemorativas na Biblioteca Nacional e na Casa de Rui Barbosa, no Rio de Janeiro. Os principais jornais do Brasil publicam suplementos comemorando a data. Recebe o título de Doutor Honoris Causa pela Universidade Federal do Rio Grande do Norte. A cidade do Rio de Janeiro festeja a data com cartazes de afeto ao poeta.

Publica *A lição do amigo – Cartas de Mário de Andrade a Carlos Drummond de Andrade*, com notas do destinatário.

Publicação de *Carmina drummondiana*, poemas de Drummond traduzidos para o latim por Silva Bélkior.

Edição mexicana de *Poemas*.

1983 Declina o Troféu Juca Pato.

Publica *Nova reunião* (19 livros de poesia) e *O elefante*.

1984 Após 41 anos despede-se da casa do velho amigo José Olympio e assina contrato com a Editora Record, que publica sua obra até hoje.

Também se despede do *Jornal do Brasil*, depois de 64 anos de trabalho jornalístico, com a crônica "*Ciao*".

Publica, pela Editora Record, *Boca de luar* e *Corpo*.

1985 Publica *Amar se aprende amando*, *O observador no escritório* (memórias), *História de dois amores* (livro infantil) e *Amor, sinal estranho*.

Edição de *Från Oxen Tid*, Suécia.

1986 Publica *Tempo, vida, poesia*.

Edição de *Travelling in the Family*, em Nova York, pela Random House, e *Antología poética*, em Cuba.

Escreve 21 poemas para a edição do centenário de Manuel Bandeira, preparada pela editora Alumbramento, com o título *Bandeira, a vida inteira*.

Sofre um infarto e é internado durante 12 dias.

1987 Em 31 de janeiro escreve seu último poema, "Elegia a um tucano morto", que passa a integrar *Farewell*, último livro organizado pelo poeta.

É homenageado, com o enredo "O reino das palavras", pela Escola de Samba Estação Primeira de Mangueira, que vence o Carnaval do Rio de Janeiro.

No dia 5 de agosto, depois de dois meses de internação, morre sua filha Maria Julieta, vítima de câncer. "Assim terminou a vida da pessoa que mais amei neste mundo", escreve num diário. Doze dias depois morre o poeta, de problemas cardíacos. É enterrado junto com a filha no Cemitério São João Batista, no Rio de Janeiro.

O poeta deixa obras inéditas: *O avesso das coisas* (aforismos), *Moça deitada na grama*, *O amor natural* (poemas eróticos), *Poesia errante*, *Farewell*, atualmente editados pela Record, *Arte em exposição* (versos sobre obras de arte), posteriormente publicado pela editora Salamandra, além de crônicas, dedicatórias em verso coletadas pelo autor, correspondência e um texto para um espetáculo musical, ainda sem título.

Reedição de *De notícias e não notícias faz-se a crônica* pela Editora Record. Edição de *Crônicas – 1930-1934*.

Edição de *Un chiaro enigma* e *Sentimento del mondo*, Itália, *Mundo grande y otros poemas*, na série Los Grandes Poetas, em Buenos Aires.

1988 Publicação de *Poesia errante*, coletânea de poemas inéditos, Prêmio Padre Ventura.

1989 Publicação de *Autorretrato e outras crônicas*, edição organizada por Fernando Py. Publicação de *Drummond: frente e verso*, edição iconográfica, pela Alumbramento, e de *Álbum para Maria Julieta*, edição limitada e fac-similar de caderno com originais manuscritos de vários autores e artistas, compilados pelo poeta para sua filha.

A Casa da Moeda homenageia o poeta, emitindo uma nota de 50 cruzados.

1990 O Centro Cultural Banco do Brasil (CCBB) organiza uma exposição comemorativa dos 60 anos da publicação de *Alguma poesia*.

Palestras de Manuel Graña Etcheverry, "El erotismo en la poesía de Drummond", e de Affonso Romano de Sant'Anna, "Drummond, um *gauche* no mundo", no CCBB.

Encenação teatral de *Mundo, vasto mundo*, com Tônia Carrero, o coral Garganta e Paulo Autran, sob a direção deste, no Teatro II do CCBB.

Encenação de *Crônica viva*, com adaptação de João Brandão e Pedro Drummond, no CCBB.

Edição da antologia *Itabira*, em Madri, pela editora Visor.

Edição limitada de *Arte em exposição*, pela Salamandra.

Edição de *Poésie*, pela editora Gallimard, França.

1991 Publicação, em oito volumes, de *Obra poética*, pela editora Europa-América, em Portugal.

1992 Edição de *O amor natural*, poemas eróticos com ilustrações de Milton Dacosta e projeto gráfico de Alexandre Dacosta e Pedro Drummond.

Publicação de *Tankar om Ordet Menneske*, Noruega.

Edição de *De Liefde Natuurlijk (O amor natural)*, na Holanda.

1993 Publicação de *O amor natural*, em Portugal, pela editora Europa-América.

Prêmio Jabuti pelo melhor livro de poesia do ano, *O amor natural*.

1994 Publicação pela Editora Record de novas edições de *Discurso de primavera* e *Contos plausíveis*.

No dia 2 de julho morre D. Dolores Morais Drummond de Andrade, viúva do poeta, aos 94 anos.

1995 Encenação teatral de *No meio do caminho...*, crônicas e poemas do poeta com roteiro e adaptação de João Brandão e Pedro Drummond.

Lançamento de um selo postal em homenagem ao poeta.

Drummond na era digital: lançamento do primeiro *web site* de autor brasileiro na internet, premiado com o primeiro I-Best 95.

1996 Lançamento do livro *Farewell*, último organizado pelo poeta, no CCBB do Rio de Janeiro, com a apresentação de Joana Fomm e José Mayer.

Prêmio Jabuti pelo melhor livro de poesia do ano, *Farewell*.

1997 Primeira edição interativa do livro *O avesso das coisas* (http://www.carlosdrummond.com.br/avesso).

1998 Inauguração dos "Caminhos drummondianos" em Itabira.

No dia 31 de outubro é inaugurado o Memorial Carlos Drummond de Andrade, projeto do arquiteto Oscar Niemeyer, no Pico do Amor da cidade de Itabira.

Prêmio *in memoriam* Medalha do Sesquicentenário da Cidade de Itabira.

1999 I Fórum Itabira Século XXI – Centenário Drummond, realizado na cidade de Itabira.

Lançamento do CD *Carlos Drummond de Andrade por Paulo Autran*, pelo selo Luz da Cidade.

2000 Inaugurada a Biblioteca Carlos Drummond de Andrade do Colégio Arnaldo, de Belo Horizonte, MG.

Lançamento do CD *Contos de aprendiz por Leonardo Vieira*, pelo selo Luz da Cidade.

Estreia no dia 31 de outubro o espetáculo *Jovem Drummond*, estrelado por Vinícius de Oliveira, no teatro da Fundação Cultural Carlos Drummond de Andrade de Itabira (Secretaria de Cultura do Município).

Lançamento do CD *História de dois amores – contada por Odete Lara*, pelo selo Luz da Cidade, produzido por Paulinho Lima.

Encenação pela Comédie Française da peça de Molière *Les Fourberies de Scapin*, com tradução de CDA, nos teatros Municipal do Rio de Janeiro e Municipal de São Paulo.

Lançamento do projeto *O fazendeiro do ar*, com o "balão Drummond", na Lagoa Rodrigo de Freitas, no Rio de Janeiro.

II Fórum Itabira Século XXI – Centenário Drummond, realizado em outubro na cidade de Itabira.

Homenagem *in memoriam* Medalha Comemorativa dos 70 Anos do MEC. Homenagem aos ex-alunos da Universidade Federal de Minas Gerais.

BIBLIOGRAFIA[1]

OBRAS DO AUTOR

POESIA

Alguma poesia. Belo Horizonte: Pindorama, 1930. 11. ed., Rio de Janeiro: Record, 2010.

Brejo das Almas. Belo Horizonte: Os Amigos do Livro, 1934. 2. ed., Rio de Janeiro: Record, 2002.

Sentimento do mundo. Rio de Janeiro: Pongetti, 1940. 24. ed., Record, 2008.

Poesias (*Alguma poesia, Brejo das Almas, Sentimento do mundo, José*). Rio de Janeiro: J. Olympio, 1942.

A rosa do povo. Capa Santa Rosa. Rio de Janeiro: J. Olympio, 1945. 42. ed., Record, 2009.

Poesia até agora (*Alguma poesia, Brejo das Almas, Sentimento do mundo, José, A rosa do povo, Novos poemas*). Rio de Janeiro: J. Olympio, 1948.

A máquina do mundo (incluído em *Claro enigma*). Rio de Janeiro: Luís Jardim, 1949. Exemplar único com caligrafia de Luís Jardim.

Claro enigma. Rio de Janeiro: J. Olympio, 1951. 18. ed., Record, 2008.

A mesa (incluído em *Claro enigma*). Niterói: Hipocampo, 1951. 70 exemplares.

Viola de bolso. Rio de Janeiro: Serviço de Documentação do MEC, 1952 (Os Cadernos de Cultura). 2. ed. aum., *Viola de bolso novamente encordoada*. Capa Lilyan Schwartzkopf. J. Olympio, 1955.

Fazendeiro do ar & Poesia até agora (*Alguma poesia, Brejo das Almas, Sentimento do mundo, José, A rosa do povo, Novos poemas, Claro enigma, Fazendeiro do ar*). Rio de Janeiro: J. Olympio, 1954. 2. ed., J. Olympio, 1955.

Soneto da buquinagem (incluído em *Viola de bolso novamente encordoada*). Xilogravura Manuel Segalá. Rio de Janeiro: Philobiblion, 1955. 100 exemplares.

Ciclo (incluído em *A vida passada a limpo* e em *Poemas*). Ilustração Reynaldo Fonseca. Recife: O Gráfico Amador, 1957 (Cartas de Indulgência). 96 exemplares.

---

[1] Elaborada a partir da bibliografia publicada no inventário do Arquivo de Carlos Drummond de Andrade.

Poemas (*Alguma poesia, Brejo das Almas, Sentimento do mundo, José, A rosa do povo, Novos poemas, Claro enigma, Fazendeiro do ar, A vida passada a limpo*). Rio de Janeiro: J. Olympio, 1959.

Lição de coisas. Rio de Janeiro: J. Olympio, 1962. 4. ed., J. Olympio, 1978.

Obra completa. Estudo crítico de Emanuel de Moraes, fortuna crítica, cronologia e bibliografia. Rio de Janeiro: Aguilar, 1964. 3. ed., *Poesia completa e prosa*. Aguilar, 1973; 5. ed., *Poesia e prosa*, Aguilar, 1979; 6. ed. rev., Aguilar, 1988; 8. ed., Aguilar, 1992.

Versiprosa. Rio de Janeiro: J. Olympio, 1967 (Sagarana).

José e outros (*José, Novos poemas, Fazendeiro do ar, A vida passada a limpo, 4 poemas, Viola de bolso novamente encordoada*). Rio de Janeiro: J. Olympio, 1967 (Sagarana).

Boitempo & A falta que ama. Rio de Janeiro: Sabiá, 1968. 4. ed., Sabiá, 1979.

Reunião: 10 livros de poesia (*Alguma poesia, Brejo das Almas, Sentimento do mundo, José, A rosa do povo, Novos poemas, Claro enigma, Fazendeiro do ar, A vida passada a limpo, Lição de coisas, 4 poemas*). Rio de Janeiro: J. Olympio, 1969. 10. ed., J. Olympio, 1980.

D. Quixote. Glosas a 21 desenhos de Candido Portinari. Rio de Janeiro: Diagraphis, 1972.

As impurezas do branco. Rio de Janeiro: J. Olympio, 1973. 10. ed., Record, 2006.

Menino antigo (*Boitempo II*). Rio de Janeiro: J. Olympio; Brasília: INL, 1973. 4. ed., Record, 1998.

Minas e Drummond. Ilustrações Yara Tupinambá, Wilde Lacerda, Haroldo Mattos, Júlio Espíndola, Jarbas Juarez, Álvaro Apocalypse e Beatriz Coelho. Belo Horizonte: Universidade Federal de Minas Gerais, 1973. 500 exemplares.

Amor, amores. Ilustrações Carlos Leão. Rio de Janeiro: Alumbramento, 1975. 423 exemplares.

A visita (incluído em *A paixão medida*). Fotos Maureen Bisilliat. São Paulo: Edição Particular, 1977. 125 exemplares.

Discurso de primavera e algumas sombras. Rio de Janeiro: J. Olympio, 1977. 6. ed., Record, 2006.

O marginal Clorindo Gato (incluído em *A paixão medida*). Ilustrações Darel. Rio de Janeiro: Avenir, 1978.

Nudez (incluído em *Poemas*). Recife: Escola de Artes, 1979. 50 exemplares. 2. ed. Ilustrações G. H. e Cecília Jucá. Rio de Janeiro: Linolivro, 1980.

Esquecer para lembrar (*Boitempo III*). Rio de Janeiro: J. Olympio, 1979. 2. ed., J. Olympio, 1980.

A paixão medida. Ilustrações Emeric Marcier. Rio de Janeiro: Alumbramento, 1980 (643 exemplares). 2. ed. Ilustrações Luis Trimano. J. Olympio, 1980. 9. ed., Record, 2002.

Nova reunião: 19 livros de poesias (*Alguma poesia, Brejo das Almas, Sentimento do mundo, José, A rosa do povo, Novos poemas, Claro enigma, Fazendeiro do ar, A vida passada a limpo, Lição de coisas, A falta que ama, As impurezas do branco, Boitempo I, Boitempo II, Boitempo III, A paixão medida* e seleção de *Viola de bolso, Versiprosa, Discursos de primavera e algumas sombras*). Rio de Janeiro: J. Olympio; Brasília: INL, 1983. 3. ed., J. Olympio; INL, 1987. 2 v.

O elefante. Ilustrações Regina Vater. Rio de Janeiro: Record, 1983 (Abre-te Sésamo). 9. ed., Record, 2004.

Caso do vestido. Rio de Janeiro: Rioarte, 1983. Adaptado para o teatro por Aderbal Júnior.

Corpo. Ilustrações Carlos Leão. Rio de Janeiro: Record, 1984. 19. ed., Record, 2007.

Mata atlântica. Fotos Luís Cláudio Marigo. Texto Alceo Magnanini. Rio de Janeiro: Chase Banco Lar; AC&M, 1984. 2. ed., AC&M; Sette Letras, 1997.

Amor, sinal estranho. Litografias Enrico Bianco. Rio de Janeiro: Lithos Edições de Arte, 1985 (100 exemplares).

Amar se aprende amando. Rio de Janeiro: Record, 1985. 32. ed., Record, 2009.

Pantanal. Fotos Luís Cláudio Marigo. Textos Alceo Magnanini. Rio de Janeiro: Chase Banco Lar; AC&M, 1985.

O prazer das imagens. Fotos Hugo Rodrigo Octavio. Legendas inéditas de Carlos Drummond de Andrade. São Paulo: Metal Leve; Hamburg, 1987.

Poesia errante: derrames líricos, e outros nem tanto ou nada. Rio de Janeiro: Record, 1988. 8. ed., Record, 2002.

Arte em exposição. Rio de Janeiro: Salamandra; Record, 1990.

O amor natural. Ilustrações Milton Dacosta. Rio de Janeiro: Record, 1992. 17. ed., Record, 2009.[2]

A vida passada a limpo. Rio de Janeiro: Record, 1994. 4. ed., Record, 2010.

Rio de Janeiro. Vaduz, Principado de Liechtenstein: Verlag Kunt und Kultur, 1994.

Farewell. Rio de Janeiro: Record, 1996. 10. ed., Record, 2007.

A senha do mundo. Rio de Janeiro: Record, 1996. 12. ed., Record, 2008 (Verso na Prosa, Prosa no Verso).

A cor de cada um. Rio de Janeiro: Record, 1996. 12. ed., Record, 2008 (Verso na Prosa, Prosa no Verso).

---

[2] Há uma edição particular de 1981 e outra da Europa-América (Portugal) de 1993, com ilustrações de Clementina Cabral.

A falta que ama. Rio de Janeiro: Record, 2002, 2ª ed., Record, 2010.
Boitempo (Menino antigo). Rio de Janeiro: Record, 1987. 8. ed., Record, 2006.
Boitempo (Esquecer para lembrar). Rio de Janeiro: Record, 1987. 7. ed., Record, 2006.
Declaração de amor. Rio de Janeiro: Record, 2005. 8. ed., Record, 2009.
Receita de Ano Novo. 2. ed. Rio de Janeiro: Record, 2009.

CRÔNICA

Fala, amendoeira. Rio de Janeiro: J. Olympio, 1957. 20. ed., Record, 2008.
A bolsa e a vida. Rio de Janeiro: Editora do Autor, 1962. 14. ed., Record, 2008.
Cadeira de balanço. Rio de Janeiro: J. Olympio, 1966 (Sagarana). 22. ed., Record, 2009.
Caminhos de João Brandão. Rio de Janeiro: J. Olympio, 1970. 5. ed., Record, 2002.
O poder ultrajovem. Rio de Janeiro: J. Olympio, 1972. 20. ed., Record, 2008.
De notícias e não notícias faz-se a crônica. Rio de Janeiro: J. Olympio, 1974. 11. ed., Record, 2010.
Os dias lindos. Rio de Janeiro: J. Olympio, 1977. 8. ed., Record, 1998.
Crônica das favelas cariocas. Rio de Janeiro: Edição Particular, 1981.
Boca de luar. Rio de Janeiro: Record, 1984. 11. ed., Record, 2009.
Crônicas de 1930-1934 (Pseudônimos: Antônio Crispim e Barba Azul). Ilustrações Ana Raquel. Belo Horizonte: Revista do Arquivo Público Mineiro, 1984. 2. ed., Secretaria da Cultura de Minas Gerais, 1987.
Moça deitada na grama. Rio de Janeiro: Record, 1987.
Autorretrato e outras crônicas. Seleção Fernando Py. Rio de Janeiro: Record, 1989. 6. ed., Record, 2007.
O sorvete e outras histórias. São Paulo: Ática, 1993.
Vó caiu na piscina. Rio de Janeiro: Record, 1996. 10. ed., Record, 2008 (Verso na Prosa, Prosa no Verso).

CONTO

O gerente (incluído em *Contos de aprendiz*). Capa J. Moraes. Rio de Janeiro: Horizonte, 1945. (Literatura).
Contos de aprendiz. Rio de Janeiro: J. Olympio, 1951. 2. ed. aum., J. Olympio, 1958. 53. ed., Record, 2008.
70 historinhas (*Fala amendoeira, A bolsa e a vida, Cadeira de balanço, Caminhos de João Brandão, O poder ultrajovem, De notícias e não notícias faz-se a crônica* e *Os dias lindos*). Rio de Janeiro: J. Olympio, 1978. 13. ed., Record, 2009.

Contos plausíveis. Ilustrações Irene Peixoto e Márcia Cabral. Rio de Janeiro: J. Olympio; Jornal do Brasil, 1981. 8. ed., Record, 2010.
O pipoqueiro da esquina. Ilustrações Ziraldo. Rio de Janeiro: Codecri, 1981.
História de dois amores. Ilustrações Ziraldo. Rio de Janeiro: Record, 1985. 18. ed., Record, 2008.
Criança dagora é fogo. Rio de Janeiro: Record, 1996. 10. ed., Record, 2007 (Verso na Prosa, Prosa no Verso).

ENSAIO

Confissões de Minas. Rio de Janeiro: Americ-Edit, 1944 (Joaquim Nabuco).
Passeios na ilha. Rio de Janeiro: Simões, 1952. 2. ed., J. Olympio, 1975.
A lição do amigo. Cartas de Mário de Andrade. Introdução Carlos Drummond de Andrade. Rio de Janeiro: J. Olympio, 1982. 2. ed. rev., Record, 1988.
Em certa casa da rua Barão de Jaguaribe. Rio de Janeiro: Sabadoyle, 1984. Ata comemorativa dos 20 anos do Sabadoyle.
O observador no escritório: páginas de diário. Rio de Janeiro: Record, 1985. 2. ed., Record, 2006.
Tempo, vida, poesia: confissões no rádio. Rio de Janeiro: Record, 1986. 2. ed., Record, 1987. Entrevistas à Rádio MEC.
Saudação a Plínio Doyle. Rio de Janeiro: Sabadoyle, 1986. Ata do Sabadoyle de 4 de outubro de 1986.
O avesso das coisas. Aforismos. Ilustrações Jimmy Scott. Rio de Janeiro: Record, 1987. 6. ed., Record, 2007.
De tudo fica um pouco: meus cartões de Drummond. Rio de Janeiro: Litteris, 1991. Correspondência com Fernando Augusto Maia.
Conversas de livraria: 1941 e 1948. Porto Alegre: AGE; São Paulo: Giordano, 2000.

ANTOLOGIA E OBRA EM COLABORAÇÃO

Neste Caderno... In: *10 histórias de bichos.* Em colaboração com Godofredo Rangel, Graciliano Ramos, João Alphonsus, Guimarães Rosa, J. Simões Lopes Neto, Luís Jardim, Maria Julieta, Marques Rebelo, Orígenes Lessa, Tristão da Cunha. Rio de Janeiro: Condé, 1947. 220 exemplares.
50 poemas escolhidos pelo autor. Rio de Janeiro: Serviço de Documentação do MEC, 1956. 2. ed., MEC, 1958. (Os Cadernos de Cultura)
Antologia poética. Rio de Janeiro: Editora do Autor, 1962. 65. ed., Record, 2010.
Quadrante. Em colaboração com Cecília Meireles, Dinah Silveira de Queiroz, Fernando Sabino, Manuel Bandeira, Paulo Mendes Campos e Rubem

Braga. Rio de Janeiro: Editora do Autor, 1962. 5. ed., Editora do Autor, 1968.

Quadrante II. Em colaboração com Cecília Meireles, Dinah Silveira de Queiroz, Fernando Sabino, Manuel Bandeira, Paulo Mendes Campos e Rubem Braga. Rio de Janeiro: Editora do Autor, 1963. 4. ed., Editora do Autor, 1968.

Antologia poética. Seleção e prefácio Massaud Moisés. Lisboa: Portugália, 1965 (Poetas de Hoje).

Vozes da cidade. Em colaboração com Cecília Meireles, Genolino Amado, Henrique Pongetti, Maluh de Ouro Preto, Manuel Bandeira e Rachel de Queiroz. Rio de Janeiro: Record, 1965.

Rio de Janeiro em prosa & verso. Em colaboração com Manuel Bandeira. Rio de Janeiro: J. Olympio, 1965 (Rio 4 Séculos).

Minas Gerais. Seleção Carlos Drummond de Andrade. Rio de Janeiro: Editora do Autor, 1967 (Brasil, Terra & Alma).

Seleta em prosa e verso. Estudo e notas de Gilberto Mendonça Teles. Rio de Janeiro: J. Olympio, 1971. 13. ed., Record, 1995.

Elenco de cronistas modernos. Em colaboração com Clarice Lispector, Fernando Sabino, Manuel Bandeira, Paulo Mendes Campos, Rachel de Queiroz e Rubem Braga. Rio de Janeiro: Sabiá, 1971. 14. ed., J. Olympio, 1995.

Atas poemas. Natal na Biblioteca de Plínio Doyle. Em colaboração com Alphonsus de Guimaraens Filho, Enrique de Resende, Gilberto Mendonça Teles, Homero Homem, Mário da Silva Brito, Murilo Araújo, Raul Bopp, Waldemar Lopes. Rio de Janeiro: Sabadoyle, 1974.

Para gostar de ler. Em colaboração com Fernando Sabino, Paulo Mendes Campos e Rubem Braga. São Paulo: Ática, 1977-80. v. 1-5.

Para Ana Cecília. Em colaboração com João Cabral de Melo Neto, Mauro Mota, Odylo Costa, filho, Ledo Ivo, Marcus Accioly e Gilberto Freyre. Recife: Edição Particular, 1978.

O melhor da poesia brasileira. Em colaboração com João Cabral de Melo Neto, Manuel Bandeira e Vinicius de Moraes. Rio de Janeiro: J. Olympio, 1979.

Carlos Drummond de Andrade. Seleção de textos, notas, estudo biográfico, histórico-crítico e exercícios de Rita de Cássia Barbosa. São Paulo: Abril, 1980 (Literatura Comentada). 2. ed., Nova Cultural, 1988.

Antologia poética. São Paulo: Abril Cultural, 1982.

Quatro vozes. Em colaboração com Rachel de Queiroz, Cecília Meireles e Manuel Bandeira. Rio de Janeiro: Record, 1984. 13. ed., Record, 2002.

60 anos de poesia. Organização e apresentação de Arnaldo Saraiva. Lisboa: O Jornal, 1985.

Quarenta historinhas e cinco poemas. Leitura e exercícios para estudantes de Português nos EUA. Flórida: University of Florida, 1985.

Bandeira, a vida inteira. Textos extraídos da obra de Manuel Bandeira e 21 poemas de Carlos Drummond de Andrade. Rio de Janeiro: Alumbramento, 1986.

Álbum para Maria Julieta. Coletânea de dedicatórias reunidas por Carlos Drummond de Andrade para sua filha, acompanhada de texto extraído da obra do autor. Rio de Janeiro: Alumbramento, 1989.

Obra poética. Portugal: Publicações Europa-América, 1989. 8 v.

Rua da Bahia. Em colaboração com Pedro Nava. Belo Horizonte: UFMG, 1990. 2. ed., UFMG, 1996.

Carlos Drummond de Andrade. Organizado por Fernando Py e Pedro Lyra. Rio de Janeiro: Agir, 1994 (Nossos Clássicos).

As palavras que ninguém diz: crônica. Seleção Luzia de Maria. Rio de Janeiro: Record, 1997. 13. ed., Record, 2010 (Mineiramente Drummond).

Histórias para o rei: conto. Seleção Luzia de Maria. Rio de Janeiro: Record, 1997. 11. ed., Record, 2009 (Mineiramente Drummond).

A palavra mágica: poesia. Seleção Luzia de Maria. Rio de Janeiro: Record, 1997. 16. ed., Record, 2010 (Mineiramente Drummond).

Os amáveis assaltantes. Rio de Janeiro: Agora Comunicação Integrada, 1998 (O Dia Livros).

OBRAS TRADUZIDAS

Alemão

Poesie. Tradução Curt Meyer-Clason. Frankfurt: Suhrkamp Verlag, 1965.
Gedichte. Tradução Curt Meyer-Clason. Frankfurt: Suhrkamp Verlag, 1982.

Búlgaro

Iybctbo ba Cbeta. Tradução Alexandre Muratov e Atanas Daltchev. Sófia: Narodna Cultura, 1977.

Chinês

Antologia da poesia brasileira. Seleção Antônio Carlos Secchin. Tradução Zhao Deming. Pequim: Embaixada do Brasil, 1994.

Dinamarquês

Verdensfornemmelse og Andre Digte. Tradução Peter Poulsen. Copenhague: Borgens Forlag, 2000.

Espanhol

Poemas. Seleção, versão e introdução Rafael Santos Torroella. Madri: Rialp, 1951 (Adonais).

Dos poemas. Tradução Manuel Graña Etcheverry. Buenos Aires: Botella al Mar, 1953.

Poetas del siglo veinte. Carlos Drummond de Andrade. Seleção e versão Ramiro de Casasbellas. Buenos Aires: Poesia, 1957.

Poesía de Carlos Drummond de Andrade. Tradução Armando Uribe Arce, Thiago de Mello e Fernando de Alencar. Santiago do Chile: Cadernos Brasileiros, 1963 (Poesia).

Seis poetas contemporáneos del Brasil. Tradução Manuel Graña Etcheverry. La Paz: Embajada del Brasil, 1966 (Cuadernos Brasileños).

Mundo, vasto mundo. Tradução Manuel Graña Etcheverry. Buenos Aires: Losada, 1967 (Poetas de Ayer y de Hoy).

Poemas. Introdução, seleção e notas Muñoz-Unsain. Havana: Casa de las Américas, 1970.

La bolsa y la vida. Tradução Maria Rosa Oliver. Buenos Aires: La Flor, 1973.

Poemas. Tradução Leonidas Cevallos. Lima: Centro de Estudios Brasileños, 1976.

Drummond de Andrade: poemas. Tradução Gabriel Rodriguez. Caracas: Dirección General de Cultura de la Gobernación del Distrito Federal, 1976.

Amar-amargo y otros poemas. Tradução Estela dos Santos. Buenos Aires: Calicanto, 1978.

El poder ultrajoven. Tradução Estela dos Santos. Buenos Aires: Sudamericana, 1978.

Dos cuentos y dos poemas binacionales. Em colaboração com Sergio Faraco e Jorge Medoza Enriguez. Santiago do Chile: Instituto Chileno-Brasileño de Cultura de Concepción, 1981.

Poemas. Tradução, seleção e introdução Francisco Cervantes. Tlahuapan: Premià, 1982 (Libros del Bicho).

Don Quijote. Tradução Edmund Font. Ilustrações Candido Portinari. México: Secretaría de Educación Pública, 1985.

Antología poética. Tradução e introdução Claudio Murilo. Madri: Instituto de Cooperación Iberoamericana; Ediciones Cultura Hispánica, 1986.

Poemas. Tradução Renato Sandoval. Lima: Embajada del Brasil, 1989 (Tierra Brasileña).

Itabira (Antología). Tradução Pablo del Barco. Madri: Visor, 1990.

Historia de dos poemas. Tradução Gloria Elena Bernal. México: SEP, 1992.

Carlos Drummond de Andrade. México: Fondo Nacional para Actividades Sociales, s.d. (Poesía Moderna).

Francês

Réunion. Tradução Jean-Michel Massa. Paris: Aubier-Montaigne, 1973 (Collection Bilingue des Classiques Étrangers).
Fleur, téléphone et jeune fille. Organização Mário Carelli. Paris: L'Alphée, 1980.
Drummond: une esquisse. Rio de Janeiro: Alumbramento, 1981.
Conversation extraordinaire avec une dame de ma connaissance et autres nouvelles. Tradução Mário Carelli e outros. Paris: A. M. Métailié, 1985 (Bibliothèque Brésilienne).
Mon éléphant – O elefante. Tradução Vivette Desbans. Ilustrações Hélène Vincent. Paris: Éditions ILM, 1987. Edição bilíngue.
Poésie. Tradução Didier Lamaison. Paris: Gallimard, 1990.

Holandês

Gedichten. Tradução August Willemsen. Amsterdam: Uitgeverij de Arbeiderspers, 1980.
20 Gedichten van Carlos Drummond de Andrade. Tradução August Willemsen. Fotos Sérgio Zális. Amsterdam: Rijksakademie van Beeldende Kunsten, 1983.
De Liefde, Natuurlijk: Gedichten. Tradução August Willemsen. Amsterdam: Uitgeverij de Arbeiderspers, 1992.
Farewell. Tradução August Willemsen. Amsterdam: Uitgeverij de Arbeiderspers, 1996.

Inglês

In the Middle of the Road. Tradução John Nist. Tucson: University of Arizona Press, 1965.
Souvenir of the Ancient World. Tradução Mark Strand. Nova York: Antaeus, 1976.
Poems. Tradução Virgínia de Araújo. Palo Alto: WPA, 1977.
The Minus Sign. Tradução Virgínia de Araújo. Redding Ridge: Black Swan Books, 1980.
The Minus Sign. Tradução Virgínia de Araújo. Manchester: Carcanet New Press, 1981.
Travelling in the Family. Selected poems. Tradução Elizabeth Bishop e Gregory Rabassa. Nova York: Random House, 1986.

Italiano

Sentimento del mondo. Tradução Antonio Tabucchi. Torino: Giulio Einaudi, 1987.
Un chiaro enigma. Tradução Fernanda Toriello. Bari: Stampa Puglia, 1990.
La visita. Tradução Luciana Stegagno Picchio. Milão: Libri Scheiwiller, 1996.
Racconti plausibili. Tradução Alessandra Ravatti. Roma: Fahrenheit, 1996.
L'Amore naturale. Tradução Fernanda Toriello. Bari: Adriatica, 1997.

Latim

Carmina drummondiana. Tradução Silva Bélkior. Rio de Janeiro: Salamandra; Brasília: Universidade Federal de Brasília, 1982. Edição comemorativa dos 80 anos do poeta. Edição bilíngue.

Norueguês

Tankar om Ordet Menneske. Tradução Alf Saltveit. Oslo: Solum, 1992.

Sueco

Natten och Rosen. Tradução Arne Lundgren. Estocolmo: P. A. Norstedt & Söners, 1966.
En Rost at Folket. Tradução Arne Lundgren. Estocolmo: P. A. Norstedt & Söners, 1980.
Frän Oxens Tid. Tradução Arne Lundgren. Estocolmo: Bra Lyrik, 1985.
Tvarsnitt. Tradução Arne Lundgren. Estocolmo: Nordan, 1987.
Ljuset Spranger Natten. Tradução Arne Lundgren. Lysekil: F. Forlag, 1990.

Tcheco

Fyzika Strachu. Tradução Vladimir Mikes. Praga: Odeon, 1967.

ENTREVISTAS PUBLICADAS EM LIVRO

SENNA, Homero. *República das letras.* 20 entrevistas com escritores. 2. ed. rev. e aum. Rio de Janeiro: Olímpica, 1968.
ROZÁRIO, Denira. *Palavra de poeta.* Prefácio Antônio Houaiss. Coletânea de entrevistas e antologia poética. Rio de Janeiro: J. Olympio, 1989.
CAMINHA, Edmilson. *Palavra de escritor.* Entrevista com Carlos Drummond de Andrade e outros. Brasília: Thesaurus, 1995.
SARAIVA, Arnaldo. *Conversas com escritores brasileiros.* Porto: Comissão Nacional para as Comemorações dos Descobrimentos Portugueses, 2000.

TRADUÇÕES DE CARLOS DRUMMOND DE ANDRADE

MAURIAC, François. *Uma gota de veneno* [*Thérèse Desqueyroux*]. Rio de Janeiro: Pongetti, 1943.

LACLOS, Choderlos de. *As relações perigosas* [*Les Liaisons dangereuses*]. Porto Alegre: Globo, 1947.

BALZAC, Honoré de. *Os camponeses* [*Les Paysans*]. In: ——. *A comédia humana*, v. XIII. Porto Alegre: Globo, 1954.

PROUST, Marcel. *A fugitiva* [*Albertine disparue*]. Porto Alegre: Globo, 1956.

GARCÍA LORCA, Federico. *Dona Rosita, a solteira ou a linguagem das flores* [*Doña Rosita la soltera o el lenguaje de las flores*]. Rio de Janeiro: Agir, 1959.

DESCOURTILZ, Th. *Beija-flores do Brasil* [*Oiseaux-mouches ornithorynques du Brésil*]. Rio de Janeiro: Biblioteca Nacional, 1960.

MAETERLINCK, Maurice. *O pássaro azul* [*L'Oiseau bleu*]. Rio de Janeiro: Delta, 1962.

MOLIÈRE. *Artimanhas de Scapino* [*Les Fourberies de Scapin*]. Rio de Janeiro: Serviço de Documentação do MEC, 1962.

HAMSUN, Knut. *Fome* [*Sult*]. Rio de Janeiro: Delta, 1963.

LIVROS EM BRAILE

Boca de luar. São Paulo: Fundação para o Livro do Cego no Brasil, 1985.
Corpo. São Paulo: Fundação para o Livro do Cego no Brasil, 1990.
Sentimento do mundo. São Paulo: Fundação Dorina Nowill para Cegos, 2000.

OBRAS SOBRE O AUTOR

LIVROS

ACHCAR, Francisco. *A rosa do povo & Claro enigma*. Roteiro de leitura. São Paulo: Ática, 1993.

——. *Carlos Drummond de Andrade*. São Paulo: Publifolha, 2000.

ANDRADE, Carlos Drummond de. *Uma pedra no meio do caminho*. Biografia de um poema. Seleção e montagem Carlos Drummond de Andrade. Apresentação Arnaldo Saraiva. Rio de Janeiro: Editora do Autor, 1967.

BARBOSA, Rita de Cássia. *Poemas eróticos de Carlos Drummond de Andrade*. São Paulo: Ática, 1987 (Princípios).

BATISTA, Paulo Nunes. *ABC de Carlos Drummond de Andrade e outros abecês*. Rio de Janeiro: Fundação Casa de Rui Barbosa; Belo Horizonte: Itatiaia, 1986.

BRASIL, Assis. *Carlos Drummond de Andrade*. Rio de Janeiro: Livros do Mundo Inteiro, 1971.

BRAYNER, Sônia. *Carlos Drummond de Andrade*. Seleção Sônia Brayner. Rio de Janeiro: Civilização Brasileira, 1977.

CAMPOS, Maria Consuelo Cunha. *Mineiridade*. Rio de Janeiro: Achiamé, 1980.

CANÇADO, José Maria. *Os sapatos de Orfeu*: biografia de Carlos Drummond de Andrade. São Paulo: Scritta, 1993.

CHAVES, Rita. *Carlos Drummond de Andrade*. São Paulo: Scipione, 1993 (Margens do Texto).

COELHO, Joaquim-Francisco. *Terra e família na poesia de Carlos Drummond de Andrade*. Belém: Universidade Federal do Pará, 1973.

———. *Minerações*. Belém: Universidade Federal do Pará, 1975.

CUNHA, Maria Antonieta Antunes. *O discurso indireto livre em Carlos Drummond de Andrade*. Belo Horizonte: Imprensa Oficial, 1971.

CURY, Maria Zilda. *Horizontes modernistas*: o jovem Drummond e seu grupo em papel-jornal. Belo Horizonte: Autêntica, 1998.

DALL'ALBA, Eduardo. *Drummond, leitor de Dante*. Caxias do Sul, RS: Educs, 1996.

———. *Drummond*: a construção do enigma. Caxias do Sul, RS: Educs, 1998.

GALDINO, Márcio da Rocha. *O cinéfilo anarquista*: Carlos Drummond de Andrade e o cinema. Belo Horizonte: BDMG, 1991.

GARCIA, Nice Seródio. *A criação lexical em Carlos Drummond de Andrade*. Rio de Janeiro: Rio, 1977.

GARCIA, Othon Moacyr. *Esfinge clara*: palavra-puxa-palavra em Carlos Drummond de Andrade. Rio de Janeiro: São José, 1955.

GLABER, Cinthya; FURTADO FILHO, José Carlos (orgs.). *Drummond*: Alguma poesia. Rio de Janeiro: Centro Cultural Banco do Brasil, 1990. Catálogo da exposição comemorativa dos 60 anos de *Alguma poesia*.

GLEDSON, John. *Poesia e poética de Carlos Drummond de Andrade*. São Paulo: Duas Cidades, 1982.

GOMES, Deny (org.). *No meio do caminho tinha uma pedra*. Vitória: Oficina Literária da Universidade Federal do Espírito Santo, 1987.

GONZALEZ CRUZ, Domingo. *A presença de Itabira na obra de Carlos Drummond de Andrade*. Rio de Janeiro: Achiamé, 1981. 2. ed. aum. *No meio do caminho tinha Itabira*: ensaio poético sobre as raízes itabiranas na obra de Drummond. Ilustrações Guidacci. Fotos Francisco Arraes. Rio de Janeiro: BVZ, 2000.

GUIMARÃES, Júlio Castañon. *Sobre um projeto de edição crítico-genética da poesia de Carlos Drummond de Andrade*. Rio de Janeiro: Fundação Casa de Rui Barbosa, 1997 (Papéis Avulsos).

HOMENAGEM A DRUMMOND. Rio de Janeiro: Fundação Casa de Rui Barbosa, 1982. Catálogo da exposição comemorativa dos 80 anos do poeta.

LAUS, Lausimar. *O mistério do homem na obra de Drummond*. Rio de Janeiro: Tempo Brasileiro, 1978.

LESSA, Maria Eduarda Viana (org.). *Carlos Drummond de Andrade*. Rio de Janeiro: Fundação Casa de Rui Barbosa, 1998.

LIMA, Mirella Vieira. *Confidência mineira*: o amor na poesia de Carlos Drummond de Andrade. São Paulo: Edusp; Campinas: Pontes, 1995.

MARIA, Luzia de. *Drummond*: um olhar amoroso. Rio de Janeiro: Léo Christiano, 1998.

MARTINS, Hélcio. *A rima na poesia de Carlos Drummond de Andrade*. Introdução Antônio Houaiss. Rio de Janeiro: J. Olympio, 1968.

MERQUIOR, José Guilherme. *Verso universo em Drummond*. Tradução Marly de Oliveira, do original em francês. Rio de Janeiro: J. Olympio, 1975.

MONTEIRO, Salvador; KAZ, Leonel (orgs.). *Drummond frente e verso*. Rio de Janeiro: Alumbramento, 1989.

MORAES, Emanuel de. *Drummond rima Itabira mundo*. Rio de Janeiro: J. Olympio, 1972 (Documentos Brasileiros).

MORAES, Lygia Marina. *Conheça o escritor brasileiro Carlos Drummond de Andrade*. Seleção de textos com exercícios de compreensão, redação e debate, biografia e avaliação crítica. Rio de Janeiro: Record, 1977.

MORAES NETO, Geneton. *O dossiê Drummond*. São Paulo: Globo, 1994.

MOTTA, Dilman Augusto. *A metalinguagem na poesia de Carlos Drummond de Andrade*. Rio de Janeiro: Presença, 1976.

NAVA, Pedro. *Homenagem ao poeta*. Rio de Janeiro: Sabadoyle, 1982. Ata do Sabadoyle de 30 de outubro de 1982.

NOGUEIRA, Lucila. *Ideologia e forma literária em Carlos Drummond de Andrade*. Recife: Fundarpe, 1990 (Oficina Espaço Pasárgada).

PY, Fernando. *Bibliografia comentada de Carlos Drummond de Andrade (1918-1980)*. Rio de Janeiro: J. Olympio; Fundação Casa de Rui Barbosa; Brasília: INL, 1980.

QUEIROZ, Maria José de. *Carlos Drummond de Andrade*: do moderno ao eterno. Bonn: Verlag, 1987 (Deutsch-Brasilianische).

ROSA, Sérgio Ribeiro. *Pedra engastada no tempo*. Porto Alegre: Cultura Contemporânea, 1978.

SANT'ANNA, Affonso Romano de. *Drummond, o gauche no tempo*. Rio de Janeiro: Lia, 1972. 3. ed., *Carlos Drummond de Andrade*: análise da obra, Nova Fronteira, 1980. 4. ed., *Drummond, o gauche no tempo*, Record, 1992.

SANTIAGO, Silviano. *Carlos Drummond de Andrade*. Petrópolis: Vozes, 1976 (Poetas Modernos do Brasil).

SCHULLER, Donaldo. *A dramaticidade na poesia de Drummond*. Porto Alegre: Universidade Federal do Rio Grande do Sul, 1979.

SEMINÁRIO *Carlos Drummond de Andrade*: 50 anos de *Alguma poesia*. Estudos de Guilhermino César, Antônio Houaiss, Silviano Santiago, Luiz Costa Lima e Affonso Romano de Sant'Anna. Belo Horizonte: Imprensa Oficial de Minas Gerais, 1981.

SEMINÁRIO *Carlos Drummond de Andrade and His Generation*. Santa Barbara: University of California; Bandana Books, 1986.

SIMON, Iumna Maria. *Drummond*: uma poética do risco. São Paulo: Ática, 1978.

STERNBERG, Ricardo da Silveira Lobo. *The Unquiet Self*: Self and society in the poetry of Carlos Drummond de Andrade. Valencia: Albatros Hispanofila, 1986.

TELES, Gilberto Mendonça. *Drummond*: a estilística da repetição. Prefácio Othon Moacyr Garcia. Rio de Janeiro: J. Olympio, 1970 (Documentos Brasileiros). 4. ed., São Paulo: Experimento, 1997.

VIEIRA, Regina Souza. *Boitempo*: autobiografia e memória em Carlos Drummond de Andrade. Rio de Janeiro: Presença, 1992.

CAPÍTULO DE LIVRO

ANDRADE, Mário de. A poesia em 1930. In: ——. *Aspectos da literatura brasileira*. São Paulo: Martins, c. 1960.

ANSELMO, Manuel. *Família literária luso-brasileira*. Rio de Janeiro: J. Olympio, 1943.

BANDEIRA, Manuel. *Crônicas da província do Brasil*. Rio de Janeiro: Civilização Brasileira, 1937.

——. *Apresentação da poesia brasileira*. 3. ed. Rio de Janeiro: Casa do Estudante do Brasil, 1957.

———. *Poesia completa e prosa*. Rio de Janeiro: Aguilar, 1958; 2. ed., Nova Aguilar, 1996.
BARROS, Jayme de. *Espelho dos livros*. Rio de Janeiro: J. Olympio, 1936.
———. *Poetas do Brasil*. Rio de Janeiro: J. Olympio, 1944.
BASTIDE, Roger. Carlos Drummond de Andrade. In: ———. *Poetas do Brasil*. Curitiba: Guaíra, 1946.
BASTOS, C. Tavares. A obra completa de Carlos Drummond de Andrade. In: ———. *O simbolismo no Brasil e outros escritos*. Rio de Janeiro: São José, 1969.
CAMPOS, Haroldo de. Drummond, mestre de coisas. In: ———. *Metalinguagem*. Petrópolis: Vozes, 1967.
CAMPOS, Milton. Texto antropofágico. In: ———. *Testemunhos e ensinamentos*. Rio de Janeiro: J. Olympio, 1972.
CANDIDO, Antonio. Literatura e cultura de 1900 a 1945. In: ———. *Literatura e sociedade*. São Paulo: Nacional, 1967.
———. Inquietudes na poesia de Drummond. In: ———. *Vários escritos*. São Paulo: Duas Cidades, 1970.
———. A autobiografia poética e ficcional na literatura de Minas. *Anais do IV Seminário de Estudos Mineiros*. Belo Horizonte, 1977.
CARPEAUX, Otto Maria. Fragmento sobre Carlos Drummond de Andrade. In: ———. *Origens e fins*. Rio de Janeiro: Casa do Estudante do Brasil, 1943.
———. *Livros na mesa*. Rio de Janeiro: São José, 1960.
———. *História da literatura ocidental*. Rio de Janeiro: O Cruzeiro, 1966. 7 v.
CASTELO, José Aderaldo. Impressões de Carlos Drummond de Andrade. In: ———. *Homens e intenções*. São Paulo: Comissão de Literatura do Departamento Estadual de Cultura, 1959.
CORRÊA, Roberto Alvim. Carlos Drummond de Andrade. In: ———. *O mito de Prometeu*. Rio de Janeiro: Agir, 1951.
CORREIA, Marlene de Castro. Apresentação de Drummond. In: ———. *Literatura para o vestibular unificado*. Rio de Janeiro: Record, 1973.
CUNHA, Fausto. *A leitura aberta*. Rio de Janeiro: Cátedra, 1978.
DUTRA, Waltensir; CUNHA, Fausto. *Biografia crítica das letras mineiras*. Rio de Janeiro: Instituto Nacional do Livro, 1956.
FRANCO, Afonso Arinos de Melo. Notícia sobre Carlos Drummond. In: ———. *Espelho de três faces*. São Paulo: Brasil, 1937.
———. A poesia e um poeta. In: ———. *Mar de sargaços*. São Paulo: Martins, 1944.
FREITAS JÚNIOR, Otávio de. Um poeta com sentimento do mundo. In: ———. *Ensaios de crítica de poesia*. Recife: Norte, 1941.

FRIEIRO, Eduardo. *Letras mineiras*. Belo Horizonte: Os Amigos do Livro, 1937.
GRIECO, Agripino. Dois poetas. In: ——. *Evolução da poesia brasileira*. Rio de Janeiro: Ariel, 1932.
HAMBURGUER, Michael. *The Truth of Poetry*: Tensions in modern poetry from Baudelaire to the 1969. Londres: Weidenfeld and Nicolson, 1969.
HAMPL, Zdenek. Pznámbka Autorovi. In: ANDRADE, Carlos Drummond de. *Fyzika Strachu*. Praga: Odeon, 1967.
HOLANDA, Aurélio Buarque de. Drummond e a melodia. In: ——. *Território lírico*. Rio de Janeiro: O Cruzeiro, 1958.
HOUAISS, Antônio. Sobre uma fase de Carlos Drummond de Andrade. In: ——. *Seis poetas e um problema*. Rio de Janeiro: Ediouro, 1967.
——. Introdução. In: ANDRADE, Carlos Drummond de. *Reunião*: 10 livros de poesia. Rio de Janeiro: J. Olympio, 1969.
JANNINI, Pasquale Aniel. *Storia della letteratura brasiliana*. Milão: Nuova Accademia Editrice, 1959.
KONDER, Leandro. A vitória do Realismo num poema de Drummond: "A mesa". In: ——. *Realismo e antirrealismo na literatura brasileira*. Rio de Janeiro: Paz e Terra, 1974.
LEITE, Sebastião Uchoa. *Participação da palavra poética*. Petrópolis: Vozes, 1966.
LIMA, Alceu Amoroso (Tristão de Athayde). *Meio século de presença literária*. Rio de Janeiro: J. Olympio, 1969.
LIMA, Luiz Costa. *Lira e antilira*: Mário, Drummond, Cabral. Rio de Janeiro: Civilização Brasileira, 1968.
LINHARES, Temístocles. *Diálogos sobre a poesia brasileira*. São Paulo: Melhoramentos, 1976.
LINS, Álvaro. *Os mortos de sobrecasaca*. Rio de Janeiro: Civilização Brasileira, 1963.
LISBOA, Henriqueta. *Convívio poético*. Belo Horizonte: Secretaria da Educação, 1955.
LITRENTO, Oliveiros. *O crítico e o mandarim*. Rio de Janeiro: São José, 1962.
LUCAS, Fábio. *Temas literários e juízos críticos*. Belo Horizonte: Tendência, 1963.
——. *Horizontes da crítica*. Belo Horizonte: Movimento Perspectiva, 1965.
LUNDGREN, Arne. Prefácio. In: ANDRADE, Carlos Drummond de. *Natten och Rosen*. Estocolmo: P. A. Norstedt & Soners, 1966.
MARTINS, Wilson. 50 anos de literatura brasileira. In: ——. *Panorama das literaturas das Américas,* I. Angola: Município de Nova Lisboa, 1958.
MASSA, Jean-Michel. Introduction. In: ANDRADE, Carlos Drummond de. *Réunion*. Paris: Aubier-Montaigne, 1973.

MENDES, Oscar. *Alguma poesia*. In: ——. *A alma dos livros*. Belo Horizonte: Os Amigos do Livro, 1932.
MENDONÇA, Antônio Sérgio L. *Por uma teoria do simbólico*. Petrópolis: Vozes, 1974.
MENEGALE, Heli. Um soneto de Carlos Drummond de Andrade. In: ——. *Roteiros de poesia*. Belo Horizonte: Itatiaia, 1960.
MERQUIOR, José Guilherme. A máquina do mundo de Drummond. In: ——. *Razão do poema*. Rio de Janeiro: Civilização Brasileira, 1965.
——. Notas em função de *Boitempo (I)*. In: ——. *A astúcia da mimese*. Rio de Janeiro: J. Olympio, 1972.
——. *As ideias e as formas*. Rio de Janeiro: Nova Fronteira, 1981.
MEYER-CLASON, Curt. Nachwort. In: ANDRADE, Carlos Drummond de. *Poesie*. Frankfurt: Suhrkamp Verlag, 1965.
MILLIET, Sérgio. O poema-piada. In: ——. *Terminus seco e outros cocktails*. São Paulo: Irmãos Ferraz, 1932.
——. *Panorama da moderna poesia brasileira*. Rio de Janeiro: Serviço de Documentação do MEC, 1952.
MOISÉS, Massaud. Carlos Drummond de Andrade poeta. In: ANDRADE, Carlos Drummond de. *Antologia poética*. Lisboa: Portugália, 1965.
MONTEIRO, Adolfo Casais. *A palavra essencial*. São Paulo: Nacional, 1965.
MONTENEGRO, Olívio. Poesias de Carlos Drummond. In: ——. *Retratos e outros ensaios*. Rio de Janeiro: J. Olympio, 1959.
MORAES, Carlos Dante de. *Alguns estudos*. Porto Alegre: Metrópole, 1975.
MOUTINHO, José Geraldo Nogueira. *A fonte e a forma*. Rio de Janeiro: Imago, 1977.
MURICY, Andrade. *A nova literatura brasileira*. Porto Alegre: Globo, 1936.
NIST, John. Introduction. In: ANDRADE, Carlos Drummond. *In the Middle of the Road*. Tucson: University of Arizona Press, 1965.
——. *The Modernist Movement in Brazil*. Austin: University of Texas Press, 1967.
OLIVEIRA, José Osório de. Um poeta brasileiro. In: ——. *Enquanto é possível*. Lisboa: Universo, 1942.
OLIVEIRA, Teresa Cristina Meireles. *Carlos Drummond de Andrade*: no décimo aniversário de sua morte. São Paulo: Massao Hono, 1977. Ata do Sabadoyle.
PEREIRA, Maria Idorlina Cobra. Verbete. In: *Dicionário biográfico universal de autores*. Lisboa: Atis-Bompiani.
PEREZ, Renard. *Escritores brasileiros contemporâneos*. Rio de Janeiro: Civilização Brasileira, 1960.

PERISSE, Gabriel. *Dois ensaios*: O polígrafo Carlos Drummond de Andrade & Nossos clássicos pessoais. São Paulo: Edix, 1994.

PICCHIO, Luciana Stegagno. *La letteratura brasiliana*. Milão: Sansoni-Accademia, 1972.

PIGNATARI, Décio. Áporo: um inseto semiótico. In: ——. *Contracomunicação*. São Paulo: Perspectiva, 1971.

PÓLVORA, Hélio. *Graciliano, Machado, Drummond e outros*. Rio de Janeiro: Francisco Alves, 1975.

PROENÇA, Ivan Cavalcanti. *Vestibular de Português*: literatura. Rio de Janeiro: J. Olympio, 1973.

RAMOS, Maria Luiza. Variações em torno de uma antítese. In: ——. *Fenomenologia da obra literária*. Rio de Janeiro: Forense, 1969.

RAMOS, Péricles Eugênio da Silva. Carlos Drummond de Andrade. In: ——. *A literatura no Brasil*. Direção Afrânio Coutinho. 3. ed. Rio de Janeiro: J. Olympio, 1986. 5 v.

RIBEIRO, João. *Crítica*. Os modernos. Rio de Janeiro: Academia Brasileira de Letras, 1952.

RIBEIRO, Joaquim. *Estética da língua portuguesa*. 2. ed. Rio de Janeiro: J. Ozon, 1964.

RIO-BRANCO, Miguel do. *Etapas da poesia brasileira*. Lisboa: Livros do Brasil, 1955.

ROCHA, Hildon. *Entre lógicos e místicos*. Rio de Janeiro: São José, 1968.

RÓNAI, Paulo. A poesia de Carlos Drummond de Andrade. In: ——. *Encontros com o Brasil*. Rio de Janeiro: Instituto Nacional do Livro, 1958.

——. Tentativa de comentário para alguns temas de Carlos Drummond de Andrade. In: ANDRADE, Carlos Drummond de. *José & outros*. Rio de Janeiro: J. Olympio, 1967.

SALES, Fritz Teixeira de. *Das razões do Modernismo*. Brasília: Brasília, 1974.

SANT'ANNA, Affonso Romano de. Características gerais da poesia de Carlos Drummond de Andrade. In: ——. *Autores para vestibular*. Petrópolis: Vozes, 1973.

SANTOS, Vitto. *Poesia & humanismo*. Rio de Janeiro: Artenova, 1971.

SENNA, Homero. *O Sabadoyle*: história de uma confraria literária. Rio de Janeiro: Casa da Palavra, 2000. Contém vários textos de Drummond.

SILVA, Belchior Cornélio da. *O pio da coruja*. Belo Horizonte: João Vicente, 1967.

SILVEIRA, Alcântara. Povo e poesia. In: ——. *Telefone para surdos*. São Paulo: Comissão de Literatura do Conselho Estadual de Cultura, 1962.

SIMÕES, João Gaspar. *Literatura, literatura, literatura...* Lisboa: Portugália, 1964.

SIMON, Iumna Maria. Na praça de convites. In: SCHWARZ, Roberto (org.). *Os pobres na literatura brasileira*. São Paulo: Brasiliense, 1983.

SÜSSEKIND, Flora. *Cabral, Bandeira, Drummond*: alguma correspondência. Rio de Janeiro: Fundação Casa de Rui Barbosa, 1996 (Papéis Avulsos).

SZKLO, Gilda Salem. *As flores do mal nos jardins de Itabira*. Rio de Janeiro: Agir, 1995.

TELES, Gilberto Mendonça. *La poesía brasileña en la actualidad*. Tradução Cipriano S. Vitureira. Montevidéu: Editorial Letras, 1969.

——. Drummond: retrato. In: ANDRADE, Carlos Drummond de. *Seleta em prosa e verso*. Rio de Janeiro: J. Olympio, 1971. 13. ed., Record, 1994.

——. A linguagem criadora de Drummond. In: ANDRADE, Carlos Drummond de. *Seleta em prosa e verso*. Rio de Janeiro: J. Olympio, 1971. 13. ed., Record, 1994.

——. Carlos Drummond de Andrade. In: ——. *Estudos da poesia brasileira*. Coimbra: Almedina, 1985.

——. O discurso poético de Drummond. In: ——. *A escrituração da escrita*. Rio de Janeiro: Vozes, 1995.

——. Cammond & Drummões. In: ——. *Camões e a poesia brasileira*. 4. ed. Lisboa: Imprensa Nacional; Casa da Moeda, 2001.

TORROELLA, Rafael Santos. Prólogo. In: ANDRADE, Carlos Drummond de. *Poemas*. Madri: Rialp, 1951.

VASCONCELLOS, Eliane. *Um sonho drummondiano*: o Arquivo-Museu de Literatura Brasileira. Rio de Janeiro: Fundação Casa de Rui Barbosa, 1996.

——. O Arquivo Carlos Drummond de Andrade. In: LESSA, Maria Eduarda Viana (org.). *Carlos Drummond de Andrade*. Rio de Janeiro: Casa de Rui Barbosa, 1998.

VILLAÇA, Antonio Carlos. Drummond e a condição humana. In: ——. *Literatura e vida*. Rio de Janeiro: Nova Fronteira, 1976.

VITUREIRA, Cipriano S. *Manuel Bandeira, Cecília Meireles, Carlos Drummond de Andrade*: tres edades en la poesía brasileña actual. Montevidéu: Asociación Cultural Estudiantil Brasil-Uruguay, 1952.

WERNECK, Humberto. *O desatino da rapaziada*: jornalistas e escritores em Minas Gerais. São Paulo: Instituto Moreira Sales, 1992.

DISSERTAÇÕES E TESES

AGRA, Marcos Wagner da Costa. *As faces secretas do hiperônimo Flor!* João Pessoa: Universidade Federal da Paraíba, 1981. Dissertação de mestrado.

AGUILERA, Maria Veronica Silva Vilariño. *Carlos Drummond de Andrade*: a poética cotidiana. Rio de Janeiro: Universidade do Estado do Rio de Janeiro, 2000. Dissertação de mestrado.

BARBOSA, Rita de Cássia. *O cotidiano e as máscaras*: a crônica de Carlos Drummond de Andrade (1930-1934). São Paulo: Universidade Federal de São Paulo, 1984. Tese de doutorado.

CAMPOS, Fernando Ferreira. *Carlos Drummond de Andrade, Manuel Bandeira*: matéria poética e escrita. Rio de Janeiro: Universidade Federal do Rio de Janeiro, 1978. Dissertação de mestrado.

CAMPOS, Maria do Carmo Alves de. *Cidade e o paradoxo lírico na poesia de Drummond*. São Paulo: Universidade de São Paulo, 1989. Tese de doutorado.

CAMPOS, Maria José Rego. *A memória do mundo em Carlos Drummond de Andrade*. Belo Horizonte: Universidade Federal de Minas Gerais, 1982. Dissertação de mestrado.

CHAGAS, Wilson. *Mundo e contramundo*. Porto Alegre: Universidade Federal do Rio Grande do Sul, 1972.

CORREIA, Marlene de Castro. *Drummond*: a magia lúcida. Rio de Janeiro: Universidade Federal do Rio de Janeiro, 1975. Tese de livre docência.

COSTA, Luis Carlos. *A crônica e a linguagem em Carlos Drummond de Andrade*. São Paulo: Universidade de São Paulo, 1988. Tese de doutorado.

FERRAZ, Eucanaã. *Drummond*: um poeta na cidade. Rio de Janeiro: Universidade Federal do Rio de Janeiro, 1994. Dissertação de mestrado.

FERREIRA, Maria Lúcia do Pazo. *O erotismo nos poemas inéditos de Carlos Drummond de Andrade*. Rio de Janeiro: Universidade Federal do Rio de Janeiro, 1992. Tese de doutorado.

FONSECA, José Eduardo da. *O telurismo na literatura brasileira e na obra de Carlos Drummond de Andrade*. Belo Horizonte: Universidade Federal de Minas Gerais, 1970.

GARCIA, Nice Seródio. *A criação lexical em Carlos Drummond de Andrade*. Rio de Janeiro: Pontifícia Universidade Católica do Rio de Janeiro, 1976. Dissertação de mestrado.

GARDINO, Íris. *Adjetivo nas crônicas de Drummond*: um exercício de estilo. São Paulo: Universidade Federal de São Paulo, 1986. Dissertação de mestrado.

LACERDA, Nilma Gonçalves. *Crônica*: nos não limites, o livre percurso. Rio de Janeiro: Universidade Federal do Rio de Janeiro, 1979. Dissertação de mestrado.

LIMA, Mirella Márcia Longo Vieira. *Confidência mineira*: o amor na poesia de Carlos Drummond de Andrade. São Paulo: Universidade de São Paulo, 1993. Tese de doutorado.

MARTINS, Sylvia de Almeida. *A linguagem de Drummond na crônica*: um estudo linguístico-estilístico. São Paulo: Universidade Estadual Paulista Júlio de Mesquita Filho, 1984. Tese de doutorado.

MASSAD, Besma. *Processos de lexicalização na prosa de Carlos Drummond de Andrade*. São Paulo: Universidade de São Paulo, 1985. Tese de doutorado.

OLIVEIRA, Silvana Maria Pessoa de. *Réquiem para um sujeito*: a escrita da memória em *Boitempo*, de Carlos Drummond de Andrade. Minas Gerais: Universidade Federal de Minas Gerais, 1991. Dissertação de mestrado.

OLIVEIRA, Teresa Cristina Meireles de. *Foto vivida/Eterna grafia*: espaço e memória poética em Carlos Drummond de Andrade. Rio de Janeiro: Universidade Federal do Rio de Janeiro, 1979. Dissertação de mestrado.

ORTIZ, José Cláudio. *Três poemas em busca da poesia*: leitura das tensões entre a poesia e a cultura de massas a partir de *A rosa do povo*, de Carlos Drummond de Andrade. São Paulo: Universidade Estadual Paulista Júlio de Mesquita Filho, 1994. Dissertação de mestrado.

PEREIRA, Ana Santana Souza de Fontes. *De anjo gauche a anjo na contramão*. Belo Horizonte: Universidade Federal de Minas Gerais, 1998.

PEREIRA, Wellington José de Oliveira. *Crônica*: arte do útil ou do fútil? João Pessoa: Universidade Federal da Paraíba, 1990. Dissertação de mestrado.

PUSCHEL, Raul de Souza. *Intransitividade e transitividade*: Mallarmé, Drummond, Cabral. São Paulo: Pontifícia Universidade Católica de São Paulo, 1994. Dissertação de mestrado.

SANTOS, Rita de Cássia Pereira. *Drummond*: diálogo entre texto e contexto. Santa Catarina: Universidade Federal de Santa Catarina, 1983. Dissertação de mestrado.

SARAIVA, Arnaldo. *Carlos Drummond de Andrade*: do berço ao livro. Lisboa: Universidade de Lisboa, 1968. 2 v.

SZKLO, Gilda Salem. *A ironia na poesia de Carlos Drummond de Andrade*. Rio de Janeiro: Pontifícia Universidade Católica do Rio de Janeiro, 1977. Dissertação de mestrado.

VIEIRA, Regina Souza. *Os limites da prosa e da poesia*: Carlos Drummond de Andrade. Rio de Janeiro: Pontifícia Universidade Católica do Rio de Janeiro, 1996. Tese de doutorado.

VILAÇA, Alcides Celso de Oliveira. *Consciência lírica em Drummond*. São Paulo: Universidade Federal de São Paulo, 1976. Dissertação de mestrado.

SITE SOBRE O AUTOR

http://www.carlosdrummond.com.br

ÍNDICE DE TÍTULOS E PRIMEIROS VERSOS

A Goeldi 49
Amar um passarinho é coisa louca. 33
Amor: em teu regaço as formas sonham 63
Ar 21
A um bruxo, com amor 67
A um hotel em demolição 73
A um morto na Índia 29
A vida passada a limpo 31
Batem as asas? Rosa aberta, a saia 33
Chamar-te Maíra 53
Ciclo 57
Ciência 41
Começo a ver no escuro 41
De uma cidade vulturina 49
Drls? Faço meu amor em vidrotil 39
E assim terei celebrado Sônia Maria 36
Em certa casa da Rua Cosme Velho 67
Especulações em torno da palavra homem 43
Espírito de Minas, me visita, 51
Esta é a orelha do livro 15
Inquérito 71
Instante 23
Leão-marinho 27
Mas que coisa é homem 43
Meu caro Santa Rosa, que cenário 29
Meu Santo Antônio de Itabira 35
Meu Santo Antônio do Recife 35
Não cantarei amores que não tenho, 17
Nesta boca da noite, 21
Nudez 17
Ó esplêndida lua, debruçada 31
O meu amor faísca na medula, 25
Os materiais da vida 39
Os poderes infernais 25
Pacto 61

Pergunta às árvores da rua 71
Poema-orelha 15
Pranto geral dos índios 53
Prece de mineiro no Rio 51
Procura 37
Procurar sem notícia, nos lugares 37
Que união floral existe 61
Sonetos do pássaro 33
Sorrimos para as mulheres bojudas que passam como cargueiros
    adernando, 57
Suspendei um momento vossos jogos 27
Tríptico de Sônia Maria do Recife 35
Uma semente engravidava a tarde. 23
Vai, Hotel Avenida, 73
Véspera 63

Este livro foi impresso no
Sistema Digital Instant Duplex da Divisão Gráfica da
DISTRIBUIDORA RECORD DE SERVIÇOS DE IMPRENSA S.A.
Rua Argentina, 171 - Rio de Janeiro/RJ - Tel.: 2585-2000